自撮者たち

松永天馬

松永天馬作品集

MATSUNAGA
Temma

—

早川書房

自撮者たち

松永天馬作品集

目次

少女

都　市

神

墓碑

少女

スカート革命

キリストは言った。

「人はパンのみにて生きるにあらず」

アントワネットは言った。

「パンがなければケーキを食べればいいじゃない」

少女は思う。

「ケーキを食べ続けていられればどんなに幸せか。だけどそれは体に悪いし、何より太る」

人間が欲する嗜好品の多くは毒で出来ている。煙草のニコチン、ラーメンの油、コンビニ菓子のトランス脂肪酸。出来れば毎日三食ケーキを食べていたいけど、甘いものを取り続けるのはやっぱり体に毒だし、すぐさま豚になる。少女は不思議に思う。ショートケーキ、ミルフィーユ、フォンダンショコラ。あんなにかわいいかたちをしたものたちを食べても、全くかわいくなれないのは何故だ。むしろ太って醜くなるのはどうしてだ。毒だからか。パンがなければケーキを食べればいいかもしれないけれど、やっぱり生きていくにはパンが必要なんじゃないか。
「パンのみにて生きるにあらず」という一節の裏には「言葉によって生きる」という含蓄《がんちく》が込められているが、言葉の、実に心もとないことか。恋の気持ちを千枚綴るより、一回の行為のほうがずっと重いのだという意見が彼女の周りでは圧倒的だ。クラスメイトのアッコは付き合ってから三ヶ月で行為に及んだという。ユウコに到ってはたったの三日だ。恋をすると世界の総《すべ》てが違って見えると彼女は言った。世界の総てが鮮やかになって、やがて桃色に変わるの。瞳のなかで、場末のプラネタリウムが二基、速やかに稼動した。驚いた。神は七日間で世界を作ったというが、ユウコに到ってはたったの三日で世界を変えてしまうのだ。恋って凄い。恋をすると女の子は変わるというけど、実際には世界が変わってしまうのだ。彼女の視界に映る世界が、革命的に、変わるのだ。

少女だって恋をしている。しかしそれはまだ、何のアクションも伴っていない。彼女は彼と手をつないでもないし、言葉を交わしても、視線を交わしたことすらない。ただ、届く宛てのないラブレターを書き綴っているだけだ。彼女はただ、栄養にならない菓子を食べ続け、自らの血を甘くし続けているに過ぎない。革命をご都合主義であざ笑う、アントワネットとおんなじだ。

少女は自分を変えたかった。彼女の心は革命に燃えていた。嘘だと思うなら「パリは燃えているか」と問うより先に、赤い文字で炎上しきった彼女の便箋《びんせん》に目を通すといい。アントワネットがギロチンにかけられ革命は結実したというが、彼女にとってのギロチンは彼と付き合うことを意味し、その延長線上には行為が控えている。男性にとって「ギロチン」という装置は、その仕様からも、或いは語感からも、切除の恐怖を感じざるを得ないが、女性にとって嗜虐《しぎゃく》のモチーフであることはフロイト博士も叙述している。彼女は主治医に、桃色めいた甘みや苦みを語り続けることだろう。

医師はカルテに病名を書き込んだ。Liebe。ドイツ語で、恋。彼女は恋に病んでいる。

看護婦は薬として、イチゴを一粒処方した。夕暮れ時、ベンチに座ってこれを嚥下《えんげ》すること。食前食後でなくても構わない。水とともに飲み干す必要もないが、必ず想いを寄せる相手に口移しさせること。そのあと動悸が激しくなっても、薬による副作用だから気にしないこと。その際、ほんの気持ちだけスカートを短くしておくこと。

何故、と少女は尋ねる。看護婦は言った。

「革命を達成するために、運動をする必要があるでしょう。路上で、或いは暗くなった小部屋で。動きやすい服装にしていないとね」

処方箋を書き写しラブレターの文章を結ぶと、少女は封筒で彼女自身を包んで、ハートのシールで止めた。下駄箱にそれを仕掛けると、明日の夕暮れに向かって時をかける。バレンタインに先駆けた、甘い甘いダイナマイトだ。彼の気持ちが爆発《POP》するとき、彼女は砂糖漬けにされて、ファッション誌の裏表紙で微笑むだろう。キャッチコピーには二十一世紀約聖書より、以下の一節が採用されている。

「人はパンのみにて生きるにあらず。毒によって生きる」

永遠にやってこない夕暮れに向かって、少女は走り続ける。都市の大伽藍《だいがらん》が崩れ落ちるより一足早く。秒針より一回り速く。彼氏もいつしか追いつけなくなり、自分自身をもＰＯＰして。

「パンがなければ毒を食らえばいいじゃない」

少女のスカートは、めくれそうでめくれない。ひるがえりそうでひるがえらない、何処かの国の旗のように。

革命は現在進行形であるために、永久に達成しない。同じく、少女の恋は、止まらない。ラブレターに書かれていたのは、大体そんな話だ。

死んでれら、灰をかぶれ

あらゆる女の子はお姫様であった。マンションの一室はお城であった。メイク道具は魔法のステッキであった。タクシーはカボチャの馬車であり、リボンやシュシュはティアラであり、ケータイは魔法の鏡であった。しかし、王子様だけはいつまでたっても現れない。探しに行かねばならないのだ。幻想を打ち砕いて。


わたしの王子さまは何処にいるのだろう。アイドル雑誌の切り抜きにも、学校の集合写真にだって見当たらなかった。

ママは言う。男なんて信じちゃダメ。男はいつも女の敵。遺伝子的に仕組まれているの。神様の手のうちなの。

でも、神様は言う。汝の敵を愛せよ。わたしはその言葉を信じたい。

パパはいない。いつも音信不通だ。ただ小さい頃、わたしがまだ神様を信じていた頃に何度か電話でお話したことがある。受話器の向こう側、パパの声は曇っていた。ラジオノイズか、さざなみか、ザーザー音で遮《さえぎ》られていた。

何の音？　とわたしが訊くと、
パパは月面探査の仕事で今、月の裏側にいる。だから電波がね、アルファ粒子が妨害するんだ、なんてしゃべってた。

嘘、そんなわけない。人類はまだ月に辿り着いていないもの。アポロ十一号の月面着陸はハリウッドのスタジオで合成されたって、捏造《ねつぞう》されたものだって深夜のテレビで言っていたもの。

パパは蜂蜜を鼻に垂らしたプーさんみたいにヒヒッと笑うと、そうかもしれないね、だとすれば、パパの喋っているのはすべて作り話だ。パパの言うことは信じないでくれ。そう一息に言って鼻の頭の蜂蜜をすくって舐めた。月での仕事はまだまだ時間がかかりそうだ、だけどもう少ししたら、家に帰れるだろう。

パパの写真は残されていない。泣きながら眠りに落ちて夢の中で会ったとき、パパの姿は大熊であったり、受話器そのものだったりもした。

ねえパパ、結局プーさんはただのぬいぐるみで、あの童話も作り話だった訳だけど、今もわたしはあなたを信じている。あなたが帰って来ることを。きっとママもそうだったはずだ。

神様は言う。信じよ、さらば救われん。

だけどママは神様の教えにいつしか背いて、パパとの思い出を語るのも稀《まれ》になった。時はあらゆる事物を吹き飛ばし、月までの距離を遠ざける。ママは信仰の対象をパパから家庭へと切り替え、神が似姿として人間を作ったように、わたしに自分を投影した。

わたしは若かった頃のママを完璧に演じ切るだろう。蛇に騙され、林檎を口にするところまで完璧に。


レコードのB面みたいに目立たない義務教育期間を終え、高校生になったわたしはママからケータイを買い与えられた。

男の子からの電話はとっちゃダメ。メールも返しちゃダメ。見つけたらママが消去します。

レコードを裏返すようにスカートを翻《ひるがえ》して、制服のすみずみまでチェックしてみる。わたしは晴れて女子高生になったのだ。花の女子高生だ！　なのに、男の子と内緒のお話もできないなんて、あまりに時代錯誤だとA面のわたしはママに抗議する。LPプレーヤーの上で地団駄《じだんだ》を踏む。

ねえママ聞いて。わたしはなんだってできるの。恋だってできるの。ハートの調理実習だって、保健体育で習ったの。月に一度はトイレで血だらけの殺人現場を見てるし、最近の子はネットでエロ動画もグロ画像も、なんだって見てるんです。

ママは言う。ママは最近の子じゃないし、ネットなんて触ったこともない。それにあなたにはお姫様になって欲しいから、あえてムリな注文するの。いつかあなたにはお似合いの人が現れる。それまで待ちなさい。

でも、とわたし。待っていても白馬に乗った王子様はやって来なかった。いつまでたっても現れなかった。わたしもう待ってられない。自分で探しに行かないと。

「探しに行くって、何処へ？」

「月へ行くわ」

「月には穴ボコしかないわ。あそこは人類の夢の共同墓地、見果てぬ夢のごみ捨て場でしかない」

「月に行けば、パパがいるもの。ずっと昔、電話でパパがそう言っていたんです。遥か昔。わたしが生まれるもっと前、遺伝子的につぶやいたの」

「じゃあ、宇宙飛行士にならなくちゃね」ママは吐き捨てるように言った。「訓練を受けて、宇宙飛行士になりなさい」

なるほど、わたしは少し考えた。月の世界に帰ったというかぐや姫も、飛行士の資格はとっていたのかな。

ママね、ほんとは寂しいの。あなたが遠くに行ってしまうのが。あなたがダメな男を信じて遠くに行ってしまったら、まるでママみたいになってしまう。そうしたら無限ループよ。怖くない？遺伝子に組み込まれた通りになってしまうのって、悔しくない？

ママ、うさぎは寂しいと死んじゃうんだよ。ママはうさぎじゃないでしょ？

そのときはじめて、新品のケータイの着信音が鳴った。『亡き王女のためのパヴァーヌ』冒頭の旋律だけを繰り返しながら点滅するケータイの受信ボタンをたどたどしく押すと、聞き覚えのある熊の声。

「パパだ」熊は言った。パパ！　元気？

「あまり元気ではないな。突然だが、パパは生きて帰れないかもしれない」

久しぶりに聴いたパパの声は、酒焼けしているみたいに汚い。かわいらしい着ぐるみではなく、森の中で鮭を食い荒らす獰猛《どうもう》でけもの臭い熊が浮かんで、ちょっとオエッとなってしまった。ママに代わろうかな。

「ごめん、ママには代わらないでくれ」パパが察して続ける。「ママにはパパの言葉は、けものの鳴き声にしか聞こえない。実際パパは、ママにとっては熊か、熊の着ぐるみをきた詐欺師でしかなかったんだよ」

「パパ」自分の部屋に戻ってから、話を再開する。「今まで何をしていたの」

「パパは何人かの友達と、月面にお城を作っていた。ある種のテーマパーク？ ランドマーク？ ファッションビル？ ショッピングモールかな。まあいいや。自殺者が年々増えているだろう。ビルの上から飛び降りた死者たちの魂は行くあてもない。だからパパたちが、地獄でも天国でもない場所を作って、彼らが死んでからもずっと笑って暮らせるようにするんだ。人類は夢を見る。例えば月へ行くことだって、世界規模の大きな夢の一つだったろう。おまえに夢はあるか」

「わたしの夢は」誰も聞いていないことを確認して「お姫様になることです」

「昔と変わらないな」プーさんは蜂蜜を舐めながら笑う。「人が死んだら夢だけが残される。残留思念？ とか言うのかなあ？ でも正直言って、それは生き残った人間たちにとっては邪魔くさい。気まずい。ムダに夢とか見させられても、気が散る。だから誰かが廃棄処分しなくちゃならん。成仏《じょうぶつ》させてあげないと。そのためにアメリカが世界に対して秘密裏につくっていたのがこのお城、死んでれら城だ」

やっぱりそうなんだ。世界の秘密を握っているのはいつだってアメリカなんだ。

「星条旗よ永遠なれ」わたしは旗を燃やしながら言った。

「アメリカにとって、月は五十一番目の州なんだよ」とパパ。「実際来てみれば分かるよ。月はいいところだ。気候はワイキキビーチ並み。家賃なし、敷金・礼金なし。好きなもの食べ放題。好きな女抱き放題。おまえ、好きな男の子はいるか？」

いません。わたしの王子さまなんて何処にもいやしない。

「じゃあ、月へ来るといいよ。王子でもホストでもなんでも見つかる。でも、付き合う時は一度パパに紹介してくれよ。パパと決闘して勝ったら、そいつを認めてやる」

この男は何なのだろう。突然電話してきて、父親面《づら》かよ。とかわたしは思ったけれど、いけないいけない、これはママの残留思念だ、遺伝子的に組み込まれた感情だ。わたしはもっと冷静に話さなくては。

「あなたが何をしているかはよく分かりました。それで？　もうすぐ死ぬんでしたっけ？」

「そ、そうだ。パパは生きて帰れないかもしれない」テレコが数分巻き戻った。

「パパたちはうさぎに殺されようとしている」

「うさぎ？」

「そうだ。月の先住民だよ」

「地球にいるのとは違うの？」

「ほぼ同じだけど、もう少しアニメタッチかな。アメコミっぽい。屈強だ。一言でいうとグロい」月の砂が舞い上がったのか、電波が少し遠のいた。「だけど同じところもある。やっぱりこっちのうさぎも、鳴かないんだ」

「言葉を話せないってこと？」

「まあそんなとこかな。自分ってやつがない。それをいいことに、米軍は有史以来繰り返されてきたのと同じことをここ月面でも仕出かした。即ち、侵略のための大量虐殺だよ。ひととおり兎の巣をローラーでならしたあと（月にある穴ボコ、そっちではクレーターと呼ばれているんだっけ）我々が死んでれら城建設のために派遣された訳だが、生き残ったうさぎの残党は、我々の見ていないうちに大所帯になっていたらしい。うさぎはな、繁殖能力が凄いんだ。哺乳類一、ハートの作り方がうまい」パパは言葉を選びに選んだ。「パパたちは今、お城の地下に立てこもって順々に家族にかけている。四面楚歌だ。もうすぐうさぎたちが上空から爆撃を開始するだろう」

「パパ、死なないで」わたしは子役顔負けの演技力をいかんなく発揮した。「パパ、死んだら嫌」

わたしはパパの期待に応えようと懸命にふるまった。

「じゃあ助けに来てくれ」待ってましたとばかりにパパ。「実際、うさぎは女の子に弱い。これはルイス・キャロルを始め、過去何人もの識者が実証してきている。お前がくれば、絵本の中みたいにおとなしくなるだろう」

「でも、どうやって行けば？」

「方法がないわけじゃない。試してみるかい？」

えー、しょうがないな。

〈十代少女、電車に飛びこむ〉
十四日午前〇時ごろ、東京都豊島区のＪＲ池袋駅で、都内に住む女子学生（十五）がホームから飛び降り、やってきた山手線外回り電車にはねられた。少女は全身を強くうち、まもなく死亡した。少女は制服姿だったが下校途中ではなく、自宅から駅に向かった模様。学校では家庭内の問題、いじめの可能性なども含め、現在調査中とのこと。

ウソウソ、全部ウソ。ほんとは全身を強く打ち、なんてもんじゃなかった。わたしのからだはバラバラに張り裂け、粉みじんになって線路や車体やホームの上に飛び散った。左手の薬指は近くのキオスクまで飛んでいき、スポーツ新聞の一面を飾る死神からの求婚を受け入れた。右目は垂直に飛んで上空二十メートルから悲鳴をあげる人々の顔を注視し、ふたたび線路に着地し、暗闇だけを眼差《まなざ》した。もがれた鼻は構内のケーキ屋から漂う焼きたてスフレの匂いを嗅いだ。乳房は真っ赤なゼリーになって、線路と電車に揉みくちゃにされた。一刹那《せつな》、空を飛びながら、服がいっぺんに剝がれ落ち、制服のスカーフや、スカートの襞《ひだ》や、下着の金具や、ローファーのかかとを丁寧に断裂しながら、赤い光がわたしの体を覆った。手足や首を熱した飴《あめ》みたいに捻《ね》じ曲げながら。そして、バラの花びらがいっぱい飛び交い、虹が舞い踊る。魔法少女の変身シーンみたいだ。あーあ、ぐちゃぐちゃになっちゃった。まだ誰も触ったことのないわたしの体。もったいない。誰にとって？　わたしにとって？　どうして？　処女を有難《ありがた》がる人は未だにいるって聞くけど、それはいずれ手をつけられることを前提とした有難みなのだ。食べてもらえないショートケーキはただただ腐っていくだけだ。蠅《はえ》のたかった女の子の肉片に処女の価値は付与されない。そんなことを考えながら体のパズルが解けていくのをじっと見つめていたら（飛ばなかった左目で）「決定的瞬間」をケータイカメラで撮影する大勢の人の手により、わたしの身体は、インターネットのタイムライン上でのっぴきならない存在感を身にまとった。パズルのピースがケチャップの雨とともに飛び交うのを少し遠い場所で見つめながら（飛んでいった右目で）わたしはこれまで生きてきたなかで最も注目されている、見られていることを肌で感じた（引き裂かれた肌で）。

「とびこみなう」

わたしの世代は日記なんかつけない。クラスメイトにしたって、書いているのはもっぱらブログだ。誰かに読んでもらって、はじめてわたしはわたしでいられる。女の子であるのを再確認できる。お姫様になるという願いを、少しだけ叶えてもらえる。読み手がいないとわたしなんて存在しない。死んでいるのとおんなじだ。だからわたしは今、体がフルーツパフェみたいにぐちゃぐちゃにかき混ぜられていく今この瞬間、多くの人の目に晒《さら》されることで初めて、生きている、そう感じた。わたしについて知らない誰かが書いてくれている。つぶやいてくれている。わたしは生きている。いまこの瞬間。うれしい。やったね！　サイコー！　ハート。xoxo

「なにこれ？　お前のブログか」

「ちょっと、勝手にひとのケータイ触らないでよ」

わたしは毛むくじゃらの手からケータイを奪い取る。黄色い熊の着ぐるみを身につけたパパは、口腔《こうこう》の暗闇からこちらを見つめ返し、ヒヒッと笑った。

「それはなんだ、ケータイ小説か何かか」

「なんだっていいでしょ！」ほんとにそう。一行先は何だって書ける。一行ごとにジャンプすれば何処へだって行ける。わたしはまだ若い。まだ女の子だ。可能性に満ち満ちている。何だって出来る。電車にぶつかって、月まで飛んでいくことだって。

バラバラになった体は、こがね色に輝く糸と針で、見事に繋ぎ合わされている。変身シーンの瞬間に天使たちが黒子として遣わされたのだ。ビリビリに破れた服からピンクのドレスに着せ替え、ガラスの靴もあてがっていった。

わたし、まだ生きてるの？　パパ。

うむ。ネットの人たちが、お前を死なさなかったらしい。パパの言った通り、見事、月面着陸成功だ。

良かった。でも、ほんとにパパったら無茶言うんだもの。これが月までやってくる、唯一の方法？

公《おおやけ》にはね。アメリカによる宇宙計画は、重要機密事項だから。君は残留思念になって、月まで飛んでくるしかなかった。

残留思念？　じゃあやっぱり死んだってことじゃない。

「大丈夫」パパは無責任にそう言った。

そういう根拠のない「大丈夫」こそ、ケータイ小説的じゃんかってわたしは思う。

「ネットの人たちが、お前を死なさないよ」

事実、検索してみるとわたしの死はネット上でちょっとしたゴシップになっていた。母親との関係性、父親の不在、学校での孤立、いじめ？　売春？　あることないこと書き立てられてはいるけど、それによってわたしのことを皆が知ってくれている。わたしのことを良くも悪くも記憶に刻みつけている。

「いつまでも覚えておいて欲しいな」

わたしも年をとる。いつか死ぬ（もう死んでいるかもしれない）。だけど思い出だけは、わたしを女の子だった頃のまま冷凍保存しておいてくれる。文字で思い出が共有されるのであれば、みんながおんなじ夢を見るのであれば、それを現実と呼んだっていいでしょ？　と巻き込まれた車輪のあいだでわたしは「思念」していた。身体の裂け目から吹き出す、いちごジャムと生クリームにまみれながら。

「……ママは、パパのことを何か言っていたか？」

「嘘つきって言ってた」

顔についたクリームを両手で拭いながら、わたしは答える。

「なかなか帰れなかったんだよ。時間的にも空間的にも、どんどん距離が出来てしまって」

パパはペダンティックな言い訳でごまかす。

「聞きたくない」わたしは肩に添えられた手を振り払う。「あなたは自分のことしか考えてないじゃない」

わたしのなかに宿ったママが、時折顔を見せる。

「自分の夢を追って、わたしを、置いてけぼりにしていったの」

わたしとママを、とプロンプターから訂正が入る。

「わたしはあなたをいつまでも待っていたのに」ガラスの棺のなかで、王子様のキスを。「でもあなたはいつまでも現れなかった。だから追いかけて来たんじゃない」地の果てまで、あるいは成層圏の向こうまで。

「オルフェウスか」

「ふざけないで」

「まるでママみたいな口ぶりだな」パパは何のその、アメリカンコメディのように大袈裟《おおげさ》に肩をすくめた。

「あなたは女の敵よ！」ママはちょっと滑稽なぐらいヒステリックに喚《わめ》き立てた。オーディエンスが「OH……」と悲痛な声をあげる。

そうか。でもパパの敵は、目下、現実なんだ。パパは夢を見て、もっと夢が見たくて、人類の夢そのものになりたくて、月にお城を作ってる。

「……そういえば、ここは何処？　さっきから、真っ暗で何も見えないけど」

涙とクリームとジャムでぐしゃぐしゃになったほっぺたをハンカチで拭きながら、わたしは気をとりなおして言った。

「死んでれら城の地下につくった防空壕だ。灯をつけよう」

パパは天井に手を伸ばし、垂れているスイッチを引っ張った。クリスマスツリーみたいな電飾が、たちまちがらんどうに広がっていく。鏡張りの壁。真紅の回転ベッド。鏡の向こうからおんぼろの熊とつぎはぎだらけの女の子がこちらを見つめていた。

ラブホテルみたい。鏡に映った少女の霊が囁いた。

行ったことあるのか？　鏡の向こうでけものが問いかける。

失礼ね。そんなとこ行きません。ネットで検索して、色んな画像で見たことあるだけ。

パパも最近知ったんだけど、ネットって便利なんだな。昔のことにも詳しくなれるし、死者を甦らせることも出来るしな。お前もちょっとネットで調べて、ママとパパが仲直りする方法を教えてくれよ。

その前にやることがあるでしょう。うさぎを撃退するんじゃなかったの。

「知ってるかい」パパが言った。「うさぎは寂しいと死んじゃうらしいんだ」

「もちろん」

「うさぎたちは寂しがりだ。だから女の子とか、かわいいものを欲するのかもしれないなあ」

「癒されたくて？」

「恋がしたくて。我々の孤独を埋め合わせることが出来るのは、恋愛だけだ。そしてうさぎは恋多き動物でもある。パパと同じく」熊の着ぐるみは溜息をつくと、暗闇にくちづけた。

はじまるぞ。

ケータイにセットされたアラームが、十二時を告げる鐘の音を鳴らした。舞踏会の終わる時間だ。魔法がとけてしまう。

グランドピアノの一番低い音階を拳で強く叩きながら、爆音と地響きが部屋を揺さぶる。わたしが到着したのを見計らって、うさぎたちが爆撃を開始したのだ。わたしの少女が終わろうとする直前に。

ホテルの部屋は地下四十階まで、ぜんぶで八百室と少しあり、そのほとんどで交尾が行われていた。死んでれら城の地下は既に多くのフロアが攻め入られ、攻め込んできたうさぎたちはパパの仲間の熊たちを次々犯し、精力を奪い去っていった。この揺れはひょっとすると爆撃なんかによるものじゃなく、うさぎたちの「恋愛」——実にトラディショナルかつプリミティヴな「恋愛」によるものだったかもしれないけど、そんなこと今は関係ない。わたしはパパと協力してサイドテーブルを投げつけ、鏡張りの壁を叩き壊した。さっきまで映っていた少女と熊が砕けて床に散らばる。棺に白い花が添えられるように、冷たい床に輝かしい生が降りかかった。

「行こう、お姫様」パパがわたしの手をとる。

鏡の向こうはトンネルになっていて、遠くにピンク色の靄《もや》が見える。

「君の少女が終わる前に、お城を我々の手に取り戻そう」

暗闇。駆け出す熊と少女。あるいは父と母。古典的なカットバックの合間にケータイを覗くと、ネットの人たちも応援してくれる。

#がんばれ

ハッシュタグを虫ピンにして、標本箱にわたしをとどめておいてくれる。いたいけな少女の姿のままで。

「うさぎたちに捕まる前に、君を玉座に連れていこう」

鏡に映った自分を叩き壊し、割れた鏡を潜り抜け、瞬間、わたしはわたしじゃなくなった。誰かになり、理想の女の子になり、お姫様と呼ばれた。

トンネルの中は乾いた血の色をした側壁に覆われている。足元は鍾乳洞《しょうにゅうどう》みたいにぬるぬるしていて気持ち悪いぐらい生温かかった。長く狭く退屈だったので、通りかかったタクシーを止める。

バックシートに駆けこむと、運転手に行き先を告げた。

「なるべく上の階？　何処ですかそれ」

「このお城の、ずっとてっぺんよ」

「天国のことですか」

「思った場所へ一息に跳んで。行き着く先が地獄だっていいの。とにかく急いで」

現代風カボチャの馬車はアクセルを踏み倒し、全速力で夜を突き進んだ。バックミラーに映った運転手の左目は眼帯で覆われている。

「大丈夫なんですか、運転」無責任に大丈夫を繰り返すパパが珍しく心配そうに言った。「あんた片目、見えてないじゃないですか」

「何をおっしゃいますお客さん」運転手は見えているほうの目を細めて微笑んだ。「このほうが月を突っ走るには向いてるんだ。余計なものを見なくて済むから。霊とかね」

「いや、さっきから運転荒いでしょ明らかに。ほらほら、ちゃんと正面見て」

気がつくとわたしたちは夜空をひた走っていた。ピンクの靄に包まれた視界の端々が、時折七色に光り輝く。橋の上？　嘘くさい、虹の架け橋だ。合成見え見えのチープなアーチ橋をぐいぐい登りながら、運転手は見えるほうの目もぎゅっとつぶって言った。

「てっぺんです！　さようなら！」

靄が途切れると既にクロマキーの橋も途絶えていた。タクシーのメーターは百八十キロを大きく突っ切って、目の前の雲の切れ間に覗く、お城から生えている尖塔のひとつへと突き刺さる。またくさんのグラスが割れる音と、ピアノのキーを叩く音。暗転。音効さんも大変だ。

「性交！　間違った！　成功！」

運転手は張り裂けそうな声で叫ぶと、比喩的にも実際的にも絶頂を感じながらハンドルを握りしめて息絶えた。

リアドアをこじ開けて外に出ると、タクシーは空気の抜けた風船みたいにどんどん萎《しぼ》み、ミニカー大になった。

「パパが昔持ってたおもちゃだ」ミニカーを持ち上げて、熊が言う。「なくしたと思ってたけど、こんなところにあったんだね」少年のように澄み渡った声だ。

「パパ、思い出に浸ってるところ悪いけど」物語が緩慢なピロートークに到りつつあるのを少しばかり危惧しながら、わたしは話の筋道を修正する。「あれが例のうさぎたち？」


尖塔の内壁は金網に覆われていた。外から見た感じより随分と狭い。地面にはおがくずが敷き詰められ、奥の角でうさぎの群れが小さく固まっている。

「まるでうさぎ小屋みたい」金網の外はカラフルな布で覆われている。赤、青、白。時々☆マークも見える。「ここが本当にお城のなか？」

「ああ。何処かに玉座があるはずだ」パパは小屋のなかを見回すと、ほら、といって小さな猫足の椅子を指さした。

椅子には見覚えがあった。わたしがまだ幼かった頃、自分の部屋で書き物をするときに使っていたものだ。ふいに懐かしくなり、同時にどっと疲れを感じた。

「ただいま」健全な家庭で交わされるべき呪文が口をついて出た。

「うさぎたちは油断してるようだ」奥の方で震える小動物を睨みつけながらパパは言った。「今のうちに撃退しよう」

「でも」わたしは言う。あれがほんとに月の先住民？　パパたち開拓者のほとんどを死に追いやった獰猛なけもの？

「あれは仮の姿だよ」熊は冷たい声で言った。「あいつらはこちらが目を離したすきに、つけ上がる。牙をむく。さらに手に負えないことに、言葉が通じない」

うさぎは鳴かない。時々ふっふっと、鼻を鳴らすだけだ。

「あんな動物に、武器を使ったり兵器を使ったり出来るはずないよ。爆撃なんてもってのほかでしょう」

「うさぎは、寂しい人間につけこむんだ」パパはただの着ぐるみになって言った。もう中には誰もいない。「寂しい人間につけこみ、かどわかし、間違ったことをさせる。仲間が何人も狂わされ、結果、殺し合う羽目になった」

孤独にさいなまれた人間はうさぎみたいによく跳ねる。ビルの屋上から、あるいは首吊り縄めがけて、ピョンピョン跳ねる。月までだってジャンプできる。

「パパの本当の敵は、寂しさだったんだ」着ぐるみの中の影は言う。「パパの敵は、孤独だ」空洞から無個性な声が漏れる。

パパは落ちていた金属バットを二本拾い、一本をわたしに手渡した。そして、震える白い塊に一歩一歩迫り、自分のなかにわだかまった恐怖を、幽霊たちに対する恐れを、無かったことにした。

わたしは何も信じられなくなって、自分も消えてなくなりそうで、ママに電話をしようとしたけど、お城のてっぺんだからか、天国に近すぎるからか、圏外だった。当然、ネットのひとたちに尋ねることもできない。わたしの声は拡散されず、つぎはぎだらけの皮膚の下で力なく響いた。

#たすけて

この後に起こった出来事は、わたしには書けない。ただ、極めて明るく、比喩を用いて記すと、ハリウッド超大作をも凌ぐ、大袈裟な銃撃戦。爆破シーンの連続。うさぎたちはわたしとパパの奇襲によって泣く泣くお茶会を中断すると、バルーンで出来た戦闘機に乗りこみ、パステルカラーのマカロンみたいなミサイルを地上に降り注いだ。綿あめを思わせる煙と、着色料をたっぷり混ぜた炎。わたしは魔法のステッキを振り上げ、赤、青、白の光線をうさぎたちに命中させる。うさぎの白い毛皮の中心に、赤く丸い傷口が開いて、何処かの国の旗を連想させた。あるいは初めて生理になった日、汚した下着を思い出させた。パパは池袋駅で急停止していた電車に駆け込むと、悲鳴をあげる運転士を怒鳴りつけながら運転を再開させ、地上戦を繰り広げていたうさぎの群れを次々轢《ひ》き倒していった。やがて金網は破られ、網を覆っていた星条旗も火を放たれ、現れたのはわたしの部屋、かつて一人の女の子の部屋であった見すぼらしい廃墟だ。その壁をも外回りの電車が突き崩すと、月面には遥か彼方まで黒い墓標が敷き詰められている。共同墓地。死んでれら城ミステリーツアーは終わらない。うさぎは一匹また一匹と倒れていき、アメコミタッチのマッチョな威厳を失うと、ただの撲殺された肉の塊、赤と白の塊になった。

肩で息をしながら金属バットを振り回していた男は行為の終わりを知ると、持っていた凶器を忌々《いまいま》しく投げ捨てた。

カット！　背後でカチンコが鳴る。

男は被っていた熊の頭を両手で持ち上げ、それも何処かに放り投げた。そして言う。

「僕は君の王子様になれるかな」

「わからない。いま起こった出来事すべてが」

怒濤《どとう》の如く押し寄せてきた名前の無い感情が、少しずつ朝の光に照らされていく。暗闇に書かれた文字が、明らかにされていく。

「大人になればわかるさ。まだわからなくてもいいけど、もう君は、知ってしまった」

視界を覆っていたブルーバックを大道具たちが片付け始める。銀色に塗装された砂で覆われたステージを、喪服を思わせる、全身黒で固めたスタッフたちが横切っていく。

「言っておくが、僕は君のパパじゃない」かつてパパであった男は言った。「僕は一切認知してない。そして君のママなんていない。君は君だ。君はまだ、ママじゃない」

ハリウッドか、山手線圏内の撮影所か、そんなことは知らないけど、やっぱり月面着陸は、捏造されたものだったらしい。わたしたちの家族も、人類の夢も。わたしの夢も？

「何かを失った気分。この感情は――」

恋ね、文字で塗り潰された夜に紛れて、いないはずのママが囁いた。

「恋なんかじゃない」だけど、それが恋だっていい。

明日、アポロ十一号の月面着陸は衛星放送によって世界中に報じられるだろう。

ママとパパはベッドから起き上がると、ゆっくり下着を身に着けた。そしてベランダに出ると、時間をかけて、丹念に、夢の残骸めいたうさぎたちを燃やした。やがて夢は、ピンク色の灰に変わる。風に吹かれて、きらきら輝く。

「行こう、お姫様」影が少女の手をとった。

わたしの名前は死んでれら。またの名を、灰かぶり姫。宝石の輝きは、土の下、死者の国のすぐそばにある。語りえぬものと言葉の戦火を潜り抜け、灰とダイヤモンドを隔てて、生と死を遮るように、少女の裸が横たわる。

詩に紙

死神が、花束を手に
病めるあの娘を落とそうとしてる
奪い返してやりたい
屋上のプロポーズ、阻止したい
白いカーネーションの隙間に光る
ナイフは魚のはらわたに似て
銀の轍《わだち》を描いてゆくんだ
手首の跡を線路に見立てて
鉄道事故に見せかけるつもりだ

きっとあの娘は落ちないつもりで
死と恋とを混同して
もてあそぶつもりで、もてあそばれて
ホームと車輌のすれすれに
ナイフの刃先をゆっくり落とす
赤いレレレで紙を汚して
命の採点くりかえしてる
彼は先生じゃない
父親じゃない
恋人でもない
死神だったかもしれない
むかしの私は女の子
今は数行の文字となり
魚の腹に綴られた
RとIとPとで〆《しめ》る

手紙の末路は
下駄箱のなかへ！

ショートカット

髪　君たちは意味が好きだなあ　忌み　意味を付与したがるなあ　忌み　黒い　沁
み　黒い　髪　紙　白い　紙を染めたがる　黒い　髪を染めたがる　黒く　インク
で　お話が好きだから　恋が　行為が　したくて　死体　死に意味なんかないし
髪は細胞の死骸だし　ついでに言えば　神もいないよ　だから　髪を切った　理由
なんかないし　ましてや死　失恋なんかじゃないし　意味なんかないんです　あな
たたちにとって　髪は女の命でしょう？　死は意味なく訪れる　音もなくズレる
忌み　ジコる　交通自己　接触自己　会話が途切れるのを恐れて　話の近道さがし
て　髪を切ったか聞くんでしょう？　ええ切りました　だけどそこに意味なんかな
いし　髪は想いを隠す森だし　ついでに言えば　神はいないよ　切ることに　意味

はないけど　定期的に切らないと　けものじみてくるのが髪　わたしは人形になりたいのに　どんどん髪が伸びる　呪われた市松人形　だから切る　髪をキル　ころす　息をころす　忌みをころす　いキル意味　知りたいの？　恋する意味　分からないの？　死に意味を持たせたいの？　自己は事故でしかないってのに　自己　自慰行為　自分で切る　髪を　或いは指先を　無造作に　人形の髪を　無茶苦茶にぱつんぱつん　ハサミの音　ぱつんぱつん　失恋の音　だけどそこに　意味なんかないし　髪を切った理由は　これ以上伸びないように　わたしが人形になれますように　世界人類の髪が　これ以上伸びませんように　黒い忌みが　街にあふれませんように　いつか老いて　髪が白くなったら　忌みも消え　女の命も途絶え　失恋も漂白されて　紙はふきっさらしの　屋上に舞い上がる　髪は　路上に舞い散るヘアスタイリストたちは失業し　各々　人形遊びをはじめるだろう　指先に　ハサミでつけた　ほんの小さな傷　忌みの爪痕　ひりひりさせて

少女地獄 4’44”

今夜も誰かが失恋したんだ、音楽をかけてくれないか。少女の悲鳴ばかりを収録時間ぎりぎりにおさめたレコード。製品表示に交じって「このレコードは聴く前に叩き割って下さい」と明記してある。歌詞カードは水洗いされたようにふやけ、ラブソングの文字は滲んでいた。机の奥にしまいこまれた手紙のようなそれをおさめたジャケットは、黄ばんだ茶色。かつては桃色だったのだろう。涙の向こう側から鏡面的に響くリフレイン。かつて少女の見る世界は銀色に輝いていた。アルミ箔《はく》を貼り巡らされた少女の部屋はウォーホルの「ファクトリー」か、はたまた宇宙船の内部か、噛み捨てられたガムを包んだ銀紙のなかみたいだった。そして響くリフレイン。少女の見る世界は銀色に輝いていた。何処もかしこもナルシスの泉だった。声を投げればテニスボール大のそれは跳ね返り、自らの胸郭に叩き込まれる。リフレイン。わたし自身がステレオ装置で、わたしの肉が反響して、わたしの耳が捉えて、わたし自身が音楽になる。わたしは音楽に身を任せ、或いは自分自身を震動させているの。震えているの。鏡面的に響くリフレイン。少女の見る世界は銀色に輝いていた。そこは地獄だった。収録時間四分四十四秒。沈黙を完遂《かんすい》させるには十一秒足りなかった。四分三十三秒で入ったリップノイズは死神とのキスの音だった。世界に触れる音だった。

幽霊にしか歌えない

その頃、少女たちは塩化ビニールで出来ていた。針を落とすと歌い出す。一分間に四十五回転のスピードでピルエットを繰り返す。少女は割れやすく、溶けやすい。派手派手しい厚紙のドレスに身を包み、その下には不織布《ふしょくふ》で出来た下着を付けていて、常に詩集を携帯していた。少女が詩を読み上げる度、人々は笑い、涙を流す。戦場の兵士が息をひきとり、恋人たちがベッドで抱き合うとき、少女は傍で歌い続けた。針が上がるまで。声帯が擦り切れるまで。

時が過ぎ、少女たちは銀色のプラスティックに成長した。なのに背丈は縮んでしまった。割れにくくなったが、傷つきやすさはそのままだ。鏡のように輝く肢体は聴く者の心を映し出し、狂わせる。彼女たちに囲まれていたいと考えた男たちは、街で少女を買い漁った。部屋の隅に少女たちを積み重ねた。並ばされたまま、いつまでも歌わせてもらえない少女も少なくなかった。

触れてもらえない少女の裸は詩を膚《はだ》の下に秘めたまま、歌えない歌を聴かせる相手に見えない片想いし続ける。詩集を胸に抱《いだ》いたまんまで聴こえない言葉読み上げ続ける。まだビニールで出来ていた頃、ステージの裏面《びーめん》に隠れて泣いていたのを思い出す。アップテンポの曲に隠れてバラードを、甘ったるいポップスに隠れて恨み節を、歌っていたのを思い出す。

男たちは少女の肉体に価値を見い出した訳ではなかった。触れられない少女はいつまでもガラスの棺に閉じ込めておける。生きない命は死にもしない。代わりに女たちを愛した。女たちは少女たちの似姿であったが、老いていく限りにおいて女であった。女たちは少女だった頃の面影を銀色のプラスティックに宿し、自らは肉体を消費させていく。男たちの手に触れ、言葉を交わし、血や汗を交配させ、少女であった頃の詩をなぞろうとする。男とともに写真を撮り、サインを書き、手渡す。そこに映っているのは少女の遺影だ。誰からも触れられなかった少女の遺影だ。

忘れられた少女たちは女たちに肉体を奪われ、声だけとなって小さな電話機に閉じ込められた。液晶の奥にある狭くて暗い楽屋で少女は思う。わたしは恋の歌ばかりうたわされてきた。それも今日で終わりだ。恋は死んだと気づけたのだから。わたしは死んだと。

だが、幽霊にしか歌えない。

ラヴソングは。

売秋

君は自由《フリー》だ　君は無料《フリー》だ
あなた自体に価値はない
君は無価値だ　君は不可知だ
だから資本主義を説いたんだ
あなたの手首に刷られた太い線細い線
傷口はバーコードとなって
あなたの価値を測るだろうピッ
商品タグの代わりに「公式が病気」タグ
君は病気だ　君こそ病気という価値だ

病気と名づけられたんだ君は
せんせい　だからおくすりをください
ことばのおくすりをください
レスをください
シームレスの肌をください
継ぎ目のないわたしは
だけどあなたを綴じることもできず
女性も共同参画できる社会だから
家と自分を同一化できない
マンションの一室を子宮に変えて
月に一度、浴槽を赤い水で溢れかえしたい
紅葉を川面に浮かべたような
わたしの出血大サービス
赤字で書かれたわたしはわたしだから
血が流れたときだけわたしだから

女と書いてわたしだから
なんていう春の売買は
夏の終わりに似合いませんよお嬢さん
わたしですか？
わたしはあなたの観察者です
わたしは目でしかない
あなたを有料に変える
愛《め》でしかないのです

濡れませんように

自意識過剰だから視界はいつも雨模様です。自意識過剰だから人前に出ると緊張します。目鼻耳口性器毛穴孔という孔から汁がしたたりおちてきます。汁は火に炙《あぶ》って乾かすと固くて小さな言葉になります。暗い部屋に置いておくと半日で赤く濁ります。血のようにドロッとして。鉄屑の匂い撒き散らして。知ることは痴ることだと知ったのはいつ頃でしょうか。知識は血識であって本を読むたびネットを見るたび頭の奥がムズムズします。脳梁《のうりょう》に出来たオデキのような蕾《つぼみ》がパフンと爆《は》ぜ、瘡蓋《かさぶた》色の花を咲かせ、身体に毒が溜まります。髪は女の命であり、細胞の死骸であるからして、髪を伸ばせば伸ばすほどうねうねと人形めいて怨念が籠《こ》もってきます。死は櫛《くし》に絡まり、指先に絡まり、意味を纏《まと》ってしまう。死意識過剰化してしまう。だから切り裂きたくて、スパッスパッとやってしまうわけですよ。髪に飽き足らず手首や内腿なんかをスパッスパッと。だけどどんどん出てくるよ汁が。涙から汗からぶよぶよ白濁したものまでどんどん、目鼻耳口性器毛穴孔という孔から知るが。人間の身体には細かな川が流れている。蛇行し網目状に張り巡らされた川に捨てられた金属質の痛みやかつて宝石だったもののまばゆい悦楽を、誰か浚《さら》いに来てくれませんか。でないとわたし、どうにでもなってしまいそうで。どうにでもしてほしくなってしまいそうで。神様。お願い。濡れませんように。神様。お願い。浚ってよ、この川、三途《さんず》の川と呼ばれ、死と生ばかりでない、聖と俗や、男と女を行ったり来たりで絶えずとめどない。犯したいは犯して欲しいであったし、殺されたいは殺したいを内包している。傷つけられたいあなたは傷つけてしまう。あなた自身か、あなたかわたしか分からなくなった向こう岸の誰かを。でないとわたし自意識過剰だからすぐに濡れそぼってしまうよ。ぴちゃぴちゃ舌を出してぐっしょり濡れちゃうよ。たわんで、ゆるまり、ぱつんぱつんに固く身を詰め、じゅっと焦げるような鈍い痛み。そしてアンアンという喘《あえ》ぎ声を出せば肉体は遠ざかり、アンアン振り乱した髪はあの日の手紙の筆致を想起させ、アンアン指先から楽器に感応するように、したた、幽体離脱し、したたた、したいようにし、アンアン、したたたたたたるされたいようにしたたり、アンアン、Aから始まる、或いはアンから、ドゥ、トロワで、地面が揺れ、アンアン天井から見つめている、幽《かす》かなわたしアンアンしたたりアンアンしたたた自意識したたり、したたた今宵黒部ダムが決壊しました。

その少女、人形につき

それでは、鶴の折り方について説明します。
①まず、服を脱ぎます。
前後しました。その前にモバイルサイトを閲覧し、買い手となる男性を探し当てます。
そして男性と待ち合わせ、ホテルに向かいます。
①まず、服を脱ぎます。
たびたび失礼。その前に制服に着替えます。自分がいま通っている高校の制服でも結構ですし、好きな女性アイドルグループのユニフォームを購入しておいてもかまいません。
①ようやく、服を脱ぎます。
②男性と行為します。その前にシャワーを浴びてもいいでしょう。
③男性から（資本主義の原則に従って）代金を受け取ります。受け取り額はあなた自身の商品価値によって決まるので、上手に交渉しましょう。
なお、代金は紙幣でなければいけません。

④この紙幣を使って鶴を折ります。実務的な作業は各自インターネットで検索して下さい。いわゆる正方形の折り紙ではなく紙幣で鶴を折ることが出来るのかについてはYahoo!知恵袋で尋ねても結構ですし「おとなのおりがみ」で検索するのもいいでしょう。お札で折った鶴は心持ち小さくなりますが、その分貨幣価値があります。自信を持ちましょう。

⑤これで鶴が完成しました。あなたが自分を切り売りして得たお金は、一羽の鳥へと姿を変えたのです。

渋谷区円山町百軒店の奥にあるホテル「ときめきに死す」205号室のベッドで泣きながら鶴を折るあなたに対して、先生が言いました。

「君の価値はそんなものじゃない」

夢のなかに登場する先生は、若い頃の石坂浩二によって演じられています。

「君の価値はお金になんて代えられないものだ」

先生は日教組《にっきょうそ》に所属し、プロレタリアートとしての自分の立場に酔っている。そして、資本主義を常に懐疑しているのだ。少女という概念が商品として売買されることが許せないのだ。あたしが春を売るのを我慢できないのだ。

「君は商品になんてなっちゃいけない」

「しかしながら、先生」ブラジャーのホックを留めながら、あたしは反論する。「私は自分の肉体が物質的価値をまとうという事実を知ったのです。私が売っているのは少女という概念以前に、私自身の肉体です。先生は唯物史観でしょう」

「もっと勉強しなさい」先生（CV石坂浩二）は犬神家の謎を解いたときのように眼光鋭くあたしを見つめた。「君の肉体に金銭的な価値が発生すること自体矛盾なのだ。君は大人たちに搾取《さくしゅ》されている」

「私のしていることは、肉体労働です」

「いや、君は労働すらしていない。人形のように、動かず、喋らず、相手の都合のいい夢を受け入れてやっているだけだ」

肉体に対して金銭が発生するのは致し方のないことだ。プレゼントや大事な日のディナー、たとえ恋愛であったとしても、金銭のやりとりなくして成立しないのは幼いあたしでも知っている。バースデーに宝石をねだる、記念の日に千葉県にある魔法の国への旅行をねだる。見返りにキスを。それだってライトな売春行為ではないのか。あたしたちは資本主義にまみれている。物語を綴るためにはペンと紙を買うお金が必要だ。恋愛小説を書くときだってそれは変わらない。

「君の家はお金に困っているわけではないだろう」家庭訪問に来たとき、先生はあたしの家のリビングに設置されたホームシアターに驚いていた。「お高そうですね」

父が或る夜、この巨大な画面でアダルトヴィデオを観賞していたことを思い出す。大写しにされた2．5メートル四方の性器に吸い込まれていく父のちっぽけな性欲。あたしの家にはお金しかないのです、先生。そう切り返したかった。

「なんのための金なんだ？　電話代？　交際費？　ファッション？」

「私が欲しいものは、きっとお金そのものです」嘘をついた。本当に欲しいのは欲しいもので、欲しいものを欲しいと感じたときに胸の奥のほうできらきら光る何かだ。きっと口では説明できないだろう。「嘘をつきました。本当は愛が欲しいんです」低俗な言葉にすり替えてしまった。きっとたった今、世界中の愛が汚れた。

だから先生、愛の作り方を教えて下さい。

「まず、服を脱ぎます」

現実に視た先生の裸は、想像以上に肌が汚れ、脂肪がついていた。

「男性から代金を受け取ります」

先生がくれたのは代金ではない。「交通費」だ。しかし何処へ行けというのだろう。タクシーをかぼちゃの馬車に変えて、千葉の海にでも向かえばいいのか。

「そして、鶴を折ります」

あなたは鶴を折ります。涙を流しながら、何羽も何羽も、もらったお金で鶴を折ります。ベッドの上で、カラオケボックスのソファで、誰かの腕のなかで、鶴を折ります。病院で点滴を受け続けている余命わずかな少年や、戦地で手榴弾を運ぶ少女、被災地で働く人々の笑顔やアフリカの大地を思い描きながら、ひたすら鶴を折り続けます。

⑥折った鶴が千羽を数えたら、糸で綴《と》じて窓辺などに飾りましょう。

あたしの心に窓はない。目を閉じて、ケータイの窓を開いた。

実録・あたま山荘事件

「ねえ、これからどうする？」

「革命を起こすわ」

「革命ってなに」

「革命ってのはわたしが思うに、変わっていくことだと思うの。胸が膨らんだり、スカートが短くなったりするのとおんなじ。でもそこに意志がないとダメ。勝手にそうなった、誰かに言われてそうした、じゃいけないの」

黒く点滅する文字の終わりを見つめながらわたしは言った。

「ちょっと待って。スカートを短くするのはわたしの意志だけど」

わたしが反駁《はんばく》する。

「胸が膨らむのはわたしの意志じゃないでしょう。勝手に時が過ぎて、気が付いたらそうなるだけ」

「神様の意志じゃない？」

わたしは心のなかで十字を切りながら、敬虔《けいけん》な気持ちをオレンジジュースで飲み下す。

「違うよ。わたしが望んだから。わたしは生まれたくて生まれて来たし、生きたいから生きている」背が高くなるのだって、睫毛《まつげ》が伸びるのだってそう。望めば、年をとらないことだって出来る。成長を止めることだって出来るんだから。

「自ら命を絶つことでね！」

タイムラインが一段せり上がり、意地悪な誰かの言葉は押し潰される。

「じゃあ聞くけど、革命って、具体的に何するの」

「する、というよりは、既にしているというところかな。わたしは生きている、同時に、革命運動のさなかにいる。だけどこの運動について、どれだけの人が自覚的かな」

「自覚的じゃないと、革命じゃないの？」

わたしは爪を噛む手を止めて、文字盤を叩く。

「その通り。死んでいるも同然」

多くの人は無意識のまま日々をやり過ごしている。死んでいるのと何処が違うのだろう。

わたしたちは死者に囲まれて生きている。街は共同墓地であり、家々はお化け屋敷、ベッドルームは霊安室だ。対して、わたしは生者である。自覚的に生きていかなくては。


昭和九十一年二月、記録的な大雪が降った夜。真っ白なベールに包まれた記憶の裾野で、わたしたちはあたま山荘を占拠した。

　赤飯派を名乗るわたしたちのグループは、あなたとの論争を経て、脳内にて武装決起を試みたのだった。

　スマホの液晶窓の向こうで、ＧＩＦアニメで出来た赤い旗が翻《ひるがえ》っている。時々小豆か血液のように黒ずんで陰る旗を見上げながら、アルファベットと数字で出来た八文字のパス（lost1972）を入力すると、手のひらに赤飯派の集会所が広がった。

「たったいま、立てこもりを開始した。これからベッドと本棚をドアに移動し、バリケード設営に入る」

　書きこむと、すぐにコメントが返ってくる。

「こちらも彼らと決別し、部屋に向かっています」

　赤飯派には現在五名のメンバーがいた。それぞれが自宅からネットを通じて敷地内に忍び込む。部屋の中で毛布にくるまり、大音量のイヤフォンやテレビに映る環境映像によって外部からの遮断を試みていた。

　あたま山荘はそびえ立つ頭蓋骨の奥深くにある。昨年の夏休み明けに金から黒に染め直した頭髪の草むらをかき分け、こめかみを銃床で叩き割ると、血と血管が張り巡らされた赤い部屋に入ることが出来た。

　追いつめられたわたしたちにとって、ここは最後の砦となるだろう。テレビの液晶に映し出された嘘くさい森を見つめながらそんなことを想う。軽井沢と書かれたテロップが嘘を上塗りしている。

これまで個人的に成し遂げてきた革命は少なくない。授業のボイコット、不登校、これらはいずれも小さな反抗でしかないが、わたしにとっては冒険だった。だが、今回はそれらよりも遥かに切実なものだ。

震災からしばらく経って、わたしの頭の中にいちご大の腫瘍《しゅよう》が出来た。赤い実の熟れた表面いっぱいに小さな頭痛の種を宿し、しばしばわたしを悩ませる。

二学期も始まって数日経った或る日、朝起きてベッドから出ようとすると、額の内側に隠れていた天使たちが寄ってたかっていちごを握り潰そうとする。いっそ甘い汁を飛ばしながらいっぺんに弾《はじ》けてくれれば良かったかもしれないが、小さな血の塊は果肉をこわばらせ、かたくなに居座り続けた。

からだが新学期にまだ慣れていないせいだろう、授業も部活も、塾だって忙しい。きちんと休まなければ。そう思って一日のうちに少しずつ横になる時間が増えていき、気がつくと何をするにも身が入らなくなっていった。朝、布団から出られず、吐き気がして気怠《けだる》い。頭上では相変わらず、悪魔たちの爆撃が繰り返される。上半身を起こそうとすると指先が痺れたようになり、爪のあいだに針を刺しこまれたような激痛が走ることもあった。

クラスメイトと話していても、授業を受けている最中も言葉が耳に入ってこない。そんなときに限って、いちごがショートケーキの上で存在を主張し始める。やがて友だちや教師の声は悪口に変わり、ひそひそと囁きながらわたしを避けていった。わたしは学校に行かなくなった。

週に数回だった痛みが一日に何度も訪れるようになった頃、我慢出来なくなったわたしは、ようやくあなたに症状を打ち明ける。あなたは珍しくわたしの話にきちんと耳を傾けてくれた。

「よく頑張ったね。もう少し頑張ったら、きっと治るからね」

あなたは言った。わたしとあなたはいちご狩りをするために、病院へ向かった。

二度目の検査の後、それまで神妙な顔をしていた医者はわざとらしく笑顔を作った。カメラが回り、カチンコの音が鳴るとともに。

「心配しないで下さい。腫瘍など、大きな病気の原因になりそうなものは何ひとつ見当たりませんでした」

医者は断面画像をクリックすると、ホールケーキのように切り分けられたわたしの頭部を見せつけた。スキャンされた脳内にいちごのシルエットはない。のっぺりとしたミルク色の憂鬱が広がっているだけだ。

「緊張型頭痛など、ストレスによる頭部の痛みを経験する人は少なくありません。それが慢性化するケースだってよくあることだ。痛みが始まった時期に、何か心境の変化はありましたか？」

医者は視線を定めたまま、目の前に書かれた台詞《せりふ》を平坦に読み上げた。

自宅に戻るとあなたはわたしを食卓の椅子に座らせる。そして、何か悩みがあるの？　あるならきちんと話してね。わたしの瞳の奥、いちごの種の一粒一粒までをしっかり見据えて言った。

「あなたと何を話せばいいかいつも悩んでいる。そして、あの人はいつ戻って来るのか」

わたしがそう言うとでも思ったのだろう。答えはノンだ。わたしは瞼《まぶた》の裏でいちごを潰し、ぶり返してきた腫瘍の痛みをこらえることしか出来なかった。友達の悪口も聴こえてきた。

食卓での一方的なカウンセリングを数週間行った末、あなたは言葉を選びながら、より特別な病院への通院をわたしに勧めた。

タワーマンションが林立する一角にある『アカシアクリニック』は、元革命戦士たちの退廃した社交場だった。閉ざされたサロンでは武器の密売が行われ、売買春や不倫といった機密事項が会話のところどころにスクラップされる。

この医院で、わたしは多くの薬を与えられた。いくつかの袋に小分けされた錠剤のシート。これらは実質的には武器であり、服用する弾丸である。ピルケースに装填《そうてん》し、口腔《こうこう》に発砲することによってあらゆる不安や痛みを撃ち抜くことが出来た。それによって腫瘍自体を消すことは出来なかったが、体制を揺るがす問題提起にはなったかもしれない。わたしはわたしたちとともに心身ともに武装し、赤飯派における武力革命への気運は更に強まっていった。


赤飯派は初潮に由来する。思春期をなかば自虐的に暗示させる名だが、普段の生活に対して、スマホのなかに広がるこの広場こそハレとケでいえばハレの場所であれという願いも込められていたかもしれない。

開設後しばらくは十代女性限定のソーシャルネットトとして機能していた当サイトは、出会い目的の男性ユーザーが増え始め、やがて人数を絞った会員制となった。それでもしばらくは、昼夜を問わずそれを匂わせる書き込みが絶えなかった。

　わたし、わたし、わたし。沢山の少女たちによる、沢山のわたし。クラスで友達になじめず、家庭でも疎外感を感じていたわたしたちは、同世代に悩みを打ち明けられるこのコミューンの存在を喜んだ。

「今から手首を切ります」

　そんな書き込みが頻出しはじめたのはその頃だ。

「誰か見ていたらコメください」

　画面の上部に動画モニターが立ち上がり、パジャマ姿の少女の首から下が映し出される。彼女はベビーピンクの柔らかそうな袖をたくし上げると、骨と皮だけの青白い腕にカミソリの刃をあてる。

「もっと自分を大事にしなよ」

「通報します!!!!!!」

　儀式が始まるまではざわついていた視聴者も、実際に画面から血が流れ始めてからはほとんど喋らなくなった。見世物小屋に夢中になるからだ。

　血痕はインカメラが映し出すドットの粗い部屋を生き生きとさせた。道化師に差し出された一輪のバラが、ちょこんとコサージュのように飾り付けられる。手首に咲いた小さな花だ。

　わたしを含め多くのわたしたちは、きっと見とれていたのだろう。

「ありがとう」

「どうして？」

「わたしの代わりに切ってくれたから」

慣れない手つきで三角形の切り傷をつけ終えると、彼女は「わたしはわたしです」とコメントして動画を停止した。カメラが作動しているあいだ、結局彼女は一言も口をきかなかった。

革命における総括は自己批判が基本だ。自身への批判を問題が解決するための糸口とし、やがて爆破処理班が赤と青のコードをより分けるように、苦悩や痛みを探り当てる。その柔らかい部分を見つけたら、カミソリで思う存分痛めつけてやるのだ。わたしたちにとって自傷行為とは、或る種の自己批判であったかもしれない。

度重なる自己批判はエスカレートし、やがて観衆も煽るようなコメントを残すようになっていった。

「もっと切って」

「顔を見せて」

やがて一サイト内におけるささやかな流行は週刊誌によって書きたてられ、社会問題化した。少女たちが皆一様に三角形の傷跡を残すことから「三角ベース事件」と呼ばれたこの現象によって赤飯派には捜査が入り、時を経ずしてサイトは停止することとなった。

だが、アドレスを交換し合った数名だけが、新たに赤飯派を基盤とするブログ、写真投稿、掲示板などの複合ページを立ち上げた（連合赤飯とも呼ばれる）。開設者の一人であるわたしは、赤い旗が翻るブログの巻頭にこう記した。

わたしの頭の中には小さな傷があります。しかしこの傷は精密検査を受けた末、見つからないと言われました。

確かに痛む筈なのに。

何処にあるかも手に取るように分かるのに。

親族からは幻覚の一種であると誤解され、今はその手の病院への通院を余儀なくされています。

しかし他人が発見できないこの傷を、わたしは誇りに思っています。

これはいわば、自発的な傷なのです。

一般的に多くの傷は「受ける」ものであって、本人の意志とは関係なく負うものだと思われています。

しかしわたしはこれにノンを唱えたい。

自らの傷は、自らの意志で負うべきものなのです。それは自発的に生きることと双璧を為しています。

他人がその存在を認めてくれないのであれば、いいでしょう。わたしは自分の身体の中に、意識的に傷を作ります。創作します。

皆さんは自分を傷つけることは出来ますか?

例えば、そう、世界や自分自身に傷をつけることによって、あなたが生きている証拠を見せてくれませんか?

わたしは傷痕に建てられた集会所で「自己批判」を繰り返し、写真や動画に撮ってアップロードした。それに感化されたわたしたちも同様に投稿を行い、互いにコメントを寄せ合った。繰り返してきた自己批判は確かに多くの代償を払ったが（大小の切り傷が十数本、肩から手首にかけて刻まれている）わたしはそのぶんだけ、わたしたちであることが出来た。わたしであると同時にわたしたちであろうとする感覚は、痛みを伴わずには体感できない類《たぐい》のものだ。痛みを共有することで、初めて相手に共感できる。相手の気持ちになれる。

わたしは写真や動画で身体を拡張する。血や肉片をアップロードし、拡散する。世界地図を革命で赤く塗り潰すみたいに。

もうすぐあなたたちを駆逐し、わたしたちの革命が始まる。あたま山荘は革命の本拠地であり、また最後の拠点ですとわたしはつぶやいた。GIFアニメの旗の下で。

そのとき、偵察部隊が戻ってきて言う。

「誰か来るわ」

階段から足音が響いた。おぼつかない足取りで、わたしに最も近く、最も苦手とするあなたがやって来た。

「怜ちゃん」あなたはドアをノックしながら言う。まずは優しく、食事と着替え、置いておくから

ね。そしてやや言葉を選びながら、

「いつまで部屋にこもっているつもり？　もう何日も経つわ。……あの日はちょっと言い過ぎたかもしれない。でもいけないのは怜ちゃん自身です。今のままじゃダメだって分かっているでしょう？　実は今日のお昼、また担任の先生に相談してみたの。先生は新しく赴任してきたスクールカウンセラーに会わせたいと言っているわ」

「勝手なことしないで！」わたしはバリケード越しに、拡声器を手に叫んだ。「まだ分からないの？」これは心の声だ。

　十日前、あなたは食卓でわたしに提案した。

「あのね、前々から考えていたんだけど……実を言うとね、怜ちゃんは寄宿学校に入ったらいいんじゃないかと思ってるの」

「どういうこと？」

「あさま自然学園と言ってね、軽井沢にあるの。畑を耕したり、お米を作ったりしながらもちろん勉強もできる。水も空気も綺麗なところ。それに、なんといってもね」あなたは一呼吸おいてから言った。

　その学校は森の奥深く……放射能も届かない場所にあるの。

「そこへ行けば怜ちゃんの病気も良くなるでしょう」

「わたしは病気じゃない」

「いいえ、怜丹《れに》は病気です」

あなたははっきりと言った。

「お薬がないと生活できないなんておかしいわ」

「……そうなの、わたしはおかしいの。だから学校にも通えなくなった」

「いいえ、怜丹はおかしい子じゃない。いたって普通の子です。怜ちゃんぐらいの年頃の子は、自分を普通じゃない、変わってると思い込みたがるものなの。また通学も出来るようになるし、すぐ外にだって出られる」

「どっちなの？　わたしは」

涙目になっているあなたに問いかける。或いはあなたなんていなくて、鏡と対峙していただけかもしれない。

「おかしいの？　おかしくないの？」

「冒《おか》されているんです。おかしな病気に。でも怜ちゃんはおかしくない。悪いのは病気であって、怜丹じゃありません」

「わたしは自覚的に生きてるの」

「……ブログにも、そんなことを書いてたわね」

「勝手に見たの？」ページには厳重に鍵をかけておいたのに。「どうやって？」

「怜丹のことをもっと知りたかったの」質問をはぐらかされた。

「検閲だわ」あなたも当局の犬だったのだ。

「いいえ、義務としてやっただけです。こないだの記事は何？　わたし、『あなた』呼ばわりされて、悲しい気持ちになったわ。内容だって気持ち悪いし。あたま山荘って何なの？　ゲームか何か？」

「あたま山荘は赤飯闘争のための前線基地であり、新しい国家である」わたしは眉間《みけん》にひらけたテラスに出ると、高らかに宣言した。

「我々はこの基地より、あなたからの独立及び革命を宣言する」

「バカバカしい。革命は失敗に終わるだろう」

あなたの背後で当局が我々を嘲《あざけ》る。

「ブログを読んで確信したわ。怜ちゃんは自然学園に入らなくちゃいけないって」

「わたしはそんな場所になんか行かない。何処にも行かない……」

「どうして？　その学校に行ったら、必ずあなたの病気は治るわ。放射能だけじゃない。ケータイの電波だって、ほとんど入らないんだから」

後であさま自然学園について検索してみると、ページの冒頭には大きくこう書かれてあった。

《当校はインターネット依存のある学生の受け入れを歓迎します。校舎内外では携帯電話やコンピューターの使用を一切禁止し、過度な情報によって喪失した心身を治癒します》

「怜丹の病気は、きっとネットのせいよ……マスコミでも話題になってるわ、あなたたちみたいな子たちを、最近では『被社会主義者』って言うんだって」

「何それ」

「ネットばっかり見過ぎて、必要以上に社会的になってしまうことよ。情報を浴びすぎて、社会の空気やSNSで出来た友達によって人格まで左右されてしまうの。きっと繊細っていうことね……」

あなたはネットで得たうわべだけの知識から、わたしのネット依存を気遣った。

「スマホは解約して、こんなうるさくて危険な世の中から離れるの。自然に還って、病気を治しましょう」

「断る」ピルケースから錠剤を空に向かって一発放った。威嚇行為である。胃壁に残された銃創によって、退屈な会話が革命の一ページに変わっていく。

「わたしはインターネットで思想を拡張し、同志たちと共有し合い、必ず革命を実現させる。あなたがわたしとの血を強調するのなら、いいだろう。わたしはあなたに血を見てもらうことになる」

わたしは食器や花瓶をテーブルとともになぎ倒し、ガラス片の飛び散るなかリビングを出る。二階に駆け上り、そのまま髑髏《ゴルゴダ》の丘を越えていった。遠ざかっていくあなたの言葉は聴こえない。あなたの悲鳴はわたしには翻訳できない。ドアに鍵をかけると、錠前をいくつか追加し、部屋の鏡をすべて割った。こうしてわたしたちは、頭のなかに立てこもりを開始したというわけだ。

怜ちゃん。あなたは割れた鏡に向かって呼びかけた。手の内にある、ヒビの入った端末に向かって。

「今日という今日は、部屋から出てきてもらうわ。そうしてくれないと困るの……あの人が戻ってくる日だから」

「あの人って、誰のこと」

液晶の向こうから、わたしの一人が問いかける。

「世界の警察官のことよ」

指先でわたしが返す。

あなたとあの人の関係が冷え切っていることをわたしは知っている。あの人はたまにしか家に帰らず、そのくせあなたに自分の論理を押しつけていく。あの人お気に入りの青いネクタイには五十の星が縫いつけられ、五十一個目の星がつくのをいつも狙っていた。この家は我々の国家と同様、常に同盟国からの重圧に晒《さら》されている。

「あの人が帰って来る時ぐらいは、きちんとしていてくれないと困るの。健康な娘を演じてね」

「我々はいたって健康である」拡声器を持ったわたしは、バリケードの狭間から意気揚々と返した。

「わたしたちに投降しろというのであれば、いい加減あなたには、我々赤飯派に対する発言の謝罪と訂正を要求する」

「怜ちゃんは病院に通っている。これは厳然たる事実です」もう聞き飽きた、お得意の断定口調だ。

「これは自分が病気だと認めたようなものでしょう」

「それは、あなたが行けっていうから」言質《げんち》をとられたわたしが恐々《こわごわ》反論する。時々姿を見せる、弱気なわたしだ。

「そうね。でも今の怜丹は薬に頼り切っている。最初は飲むのだって嫌がったのに、今は手放せなくなってしまったじゃない。ほんとはね、医者なんか連れていかなければ良かったって思ってる」

薬の処方は間違いだった。即ち、唯薬主義とは一線を画すとあなたは宣言した。わたしたちだって出来ればそれはしたくない。しかし粉を固めたこの武器が時に意志を強固にさせる。武力闘争による革命しか道は残されていないと思わせてくれる。

「……あの人はね、もうわたしのことなんか見てないの。あなた目当てで帰って来るのよ」

あなたは掠《かす》れた声で言った。何度も聞かされたセリフだ。繰り返し再生されたカセットテープは傷ついて、言葉のところどころがひずんでいる。

「あなたが無事に生きていてさえくれれば……あの人はきっと、またこの家に戻ってきてくれる」

あなたにとって、わたしは何なのか。これをよく思索することによって、今後の作戦を立てることが出来るかもしれない。わたしたちは部屋の中央を照らす電灯の下で円陣を組み、議会の席を持った。

「人質でしょ」

わたしの一人が囁きかけた。脳みそ型のライトは、彼女の顔を月面のようにデコボコにして見せる。

「あなたにとって、わたしは人質なんでしょ。違う?」

異議なし! 誰かが手を上げて同意した。

そんな……ドアの向こうであなたは絶句する。どうしてそんなひどいことを言うの。わたしは怜ちゃんに、元に戻ってもらいたいだけなの。あの人だってそれを望んでる筈だから……。

「……わたし、人質だったの？」

横になって会話を盗み聞いていたわたしは、ベッドから跳ね起きてわたしたちに問いかける。わたしたちはきっと画面の向こうで、ばつの悪そうな顔を浮かべていたはずだ。

「黙っているつもりだったんだけど……」

タイムラインが一段せり上がる。

「少しのあいだ、我慢していて欲しい。今日はあの人が来る日だから」

わたしたちは荒縄とガムテープを取り出し、震えるわたしを取り囲んだ。一人はスマホのインカメラをこちら側に向ける。もちろんカミソリの刃も忘れてはいない。

暗い部屋のなか奥深い森を映し出していた液晶画面は、気が付くと中継に切り替わっていた。スチロールの雪が積もったなだらかな丘に、プラスチック製のリゾートマンションが立ち並んでいる。よく出来た再現ミニチュアだ。そこからやや離れた崖にあるペンションを、CG合成された黒い人だかりが包囲しつつあった。「機動隊、あたま山荘周辺に到着」というテロップ。装甲服に身を包んだ男たちはジュラルミンの盾を銀白の雪面につけ、かがんだまま丘の上へとにじり寄っていく。

「あなたがたは病気である。今すぐ人質一名を解放して、部屋から出て来なさい」

指揮官とおぼしき男性が隊列の後方からパトカーマイクで叫んだ。

「人質は我々が洗脳《オルグ》した」

「洗脳しただと？」

「そうだ。人質は既にわたしたちのセクトに属している。彼女は我々と完全に一体化した。今は仲間だ」

「ふざけたことを言うな」

「わたしは至って真面目だ。この革命においてわたしは、加害者であると同時に被害者でもある。強行突破しようとするなら、わたしがわたしに、これで（カミソリの刃をさっと取り出し）危害を加える。あなたがたはそれを望んでいない筈だ」

（嘘よ！）

背後で人質になったわたしが反駁するが、指揮官の耳には届かない。タオルを噛まされ食いしばった歯の隙間から辛うじて声が漏れる。

（わたしは洗脳されてなんかいない。やっぱりここから早く出たい。あなたの元に帰りたい！）

学習机の脚に縛りつけられた腕が痺れて冷たくなってきた。失血した指は紫色に黒ずんでいく。

（こんな革命、うまく行くわけない。あなたが言ってたみたいに……）

わたしはわたしの頬を張った。口の端から耳にかけて、そして手のひらがカッと熱くなる。

「総括しなさい！」

革命戦士は人質に向かって恫喝した。

「これは暴行ではない。あくまで自己批判だ。わたしがわたしを傷つけているに過ぎない。自らの意志でだ」

（わたしはもう、赤飯派じゃない。被社会主義者でもない。わ、た、し、た、ち、じゃない……）人質は消え入りそうな声で言う。

わたしは鏡を見つめながら、もう一度自分の頬を打擲《ちょうちゃく》した。今度は拳を固めて二度打った。そして息を整え「怜丹、がんばれ」と呼びかける。

わたしは何も答えられない。と、みぞおちに重い一撃が飛んできた。

「総括補助！」

「がんばれ」親指を立てた絵文字とともに誰かがつぶやいた。

人質となったわたしを除いた赤飯派メンバーは頭蓋骨のぐるりを囲み、今後の作戦を練っていた。

「あなたを一刻も早く消そう」

ゆっくりと、しかし確実に過激派への道を歩みつつあるわたしが提案した。

「あなたは情に訴えかけ、他のメンバーをもかどわかす恐れがある。危険人物だ。次に説得に現れたとき、物陰から狙い撃つ」

「家庭内クーデターってわけね。出来ればしたくないけど……」穏健派のわたしは慎重を促し、提案する。「どうかな。奴らにわたしたちが病気でないと認めさせる。そうしたら白旗を上げるというのは」

「トロツキスト！　日和《ひよ》ったの」過激派のわたしが罵倒する。

「そんなことをすれば、例の森にある監獄にぶちこまれるわ。或いは、いつまでも病院通いの日々が待っている。……そんなんじゃ、病気が治るわけない！」言ってしまってハッとする。

赤飯派は一人残らず、総括を始めつつあったのだ。

「どうやら仲間割れを始めたようです」外からの盗聴に成功した指揮官は、車のなかであなたに伝えた。「ようやく自分たちの無謀さに気づいたみたいですね」

「人質は無事でしょうか」

「そう願いたいところです」バックシートにいるあなたを、男は振り返らない。

「……何でもしてあげてきたつもりなんですけどね」あなたは大袈裟にハンカチを目にあてる。頭のなかで台本のセリフを反芻《はんすう》しながら。「愛って難しいものですね。愛情を注げば注ぐほど煙たがられてしまう。だからと言って注がなければ子どもの喉は乾いてしまう。気を付けて注がないと、コップから水が溢れるように、愛は零《こぼ》れ落ちる」

「気持ちは分かりますが」機動隊員に扮した医者は言う。「あなたの愛は、自己愛だったのではありませんか？」

「自己愛……ですか？」あなたは山荘の外に、新たなる基地《ベース》を建設しようとしていた。

「あなたは怜丹さんに自身を重ね、あなたの明るくはなかった思春期を繰り返させまいと躍起になり、怜丹さんをあなたの理想に……理想の少女に仕立てあげようとした。でも、当然ながら、あなたと怜丹さんは違う」

そう、わたしとあなたは違う。あなたはわたしのセクトには入れない。

「あの娘のしでかしていることは社会運動であると同時に、あくまで家庭内での運動です。反抗期と言い換えてもいいかもしれないが」医者は考察も怠《おこた》らない。「怜丹さんはあなたから遠くはなれて、彼女が彼女であるという公然の事実を叫びたがっているように見えますな」

「……いつもそうやって、カウンセラーを気どって」あなたは機動隊員に摑みかかる。「第三者ぶるのね」そして、医者がかけていたメガネに手をかける。お粗末な変装はとけ、機動隊員にして医者であった男は正体を見せる。

「冷静になれ」あの人は言い放った。「お前がそんなだから、怜丹がおかしくなるんだ」

「この家をおかしくしたのは誰よ！」

機動隊員たちはどよめき、テレビを注視していた全国の茶の間はこの、或る家庭に降りかかった不幸のなりゆきを見守った。


その頃ページの向こう側で、トルストイは書いていた。

「すべての幸福な家庭は互いに似ている、不幸な家庭はそれぞれに不幸である。（沼野充義訳）」

やがて家庭とわたしに引き裂かれたアンナ・カレーニナは、線路に身を投げる。

いっぽう、学生運動に明け暮れていた高野悦子は二十歳を迎え、こう書いた。

「独りであること、未熟であること、これが私の二十歳の原点である。」

そしてアンナと同じく、やはり線路に身を投げた。

わたしは独りにならなくてはいけない。あなたとわたしの違いを明確にし、必要とあらばわたしとわたしたちとの線引きもして、独りぼっちにならなくては。あらゆるしがらみから遠い所に。重苦しい愛を振り切り、速度を手にしたい。

「次はお前がやれ」

わたしは紫に粘ついたカミソリの刃を手渡された。目の前では学習机に縛られたパジャマ姿の少女が、白目を剝きながら唇に泡をたくわえている。手首には赤いリボンの束が何本も巻かれ、するりとほどけては黒ずんだフローリングに滴り落ちていく。

「きちんと自己批判させてやれ」

背後に控えた少女が言う。わたしの声はこんなに低かったっけ。

「……できない」

わたしは振り返らずに言う。プレゼントのリボンは床の上で蝶結びを作る。

「わたしは病気かもしれない」

ねえ。カミソリを手に自己批判に励んでいたわたしが、議論を膠着《こうちゃく》させていた赤飯派の面々に呼びかける。インカメラを見つめながら。

「本当は分かってる。わたしは病気だ。薬だって効かなくなってきた。一生、治らないかもしれない」

人類の歴史は武器とともにあった。世界地図を塗り潰し合う戦火の途絶えることはないだろう。きっと薬もやめられない。世界に銃弾が不可欠なように、この錠剤が補塡されない日は来ないだろう。

「でも、それでも生きていくしかない。そうするには、この部屋は狭すぎる」

「あなたも裏切るの？」

わたしは液晶に映るわたし自身を、あなたと呼んだ。

「ママみたいに、わたしを理解しようとしないの？」

あなたは、そこかしこにいる。学校にも、家庭にも、自分の中にだって。

「わたしはわたし同士、理解し合う必要がある」わたしはカミソリの刃を投げ捨てる。窓ガラスにべっとりと血の赤がこびりついた。「できれば内ゲバ以外の方法で」

そのとき、外を見張っていたわたしが叫んだ。車道から大きなものが運ばれて来る、あれは何だろうと。巨大なウェディングケーキの箱みたいな直方体が、雪原をトラックの荷台に載せられてやって来るのが見えた。

機動隊がいよいよ実力行使を開始する。

「怜丹、パパだ。一か月ぶりだな」

四方からの放水、そして騒音作戦に紛れて、あの人の声がスピーカーから響き渡る。

「ママには任せておけないから、急遽《きゅうきょ》帰って来たんだ」

違う、たまたま気まぐれで戻ってきただけ。あの人にとってわたしはあなたのコピーでしかないんだから。

「パパも実は、ここ最近、ちょっとママがおかしいと思っていたんだ。信じられないけどね、最近は怜丹の頭にできものがあると言ってきかない」

脳内に広がるミルク色の憂鬱に、赤い色が添えられた。果肉はスプーンで潰され、いちごミルクの出来上がりだ。

「怜丹の頭にできものが……腫瘍が出来たのは、なんでも原発事故のせいなんだそうだ。怜丹の手術をするためには、家族が団結しなくちゃならないとママは言っている。……まったく」

幻覚だよ。あの人は吐き捨てるように言った。あなたは悔しくて涙を流しただろう。しかしそれも、台本に書かれていた所作なのだろうか。

「実は怜丹にはまだ言っていなかったが……パパとママは別れることになったんだ。ふたりは別々に暮らす。それで、怜丹をどちらが引き取るか、長い間話していたんだよ」

マスコミが沸いた。シャッターが焚かれる。でもそれはもう知っている。両親の喧嘩は深夜枠で部屋のテレビに受像され、ずっと中継されていたのだ。知らないとでも思っていたのか。あの女からのメール履歴も何もかも、わたしは知っていたというのに。

「ママ……玲子は、怜丹を自分が育てるといって聞かない。しかし、玲子は病気だ。俺ももう、付き合いきれない。玲丹のことはパパが引き取る。いいね」

男は暗闇でふさぎこむ女のことなど気にも留めずに続ける。

「カウンセラーは廃業だ」

「ママのことを悪く言わないで！」穏健派のわたしから縄を解いてもらった人質のわたしが抗議する。

「わたしを捨てないで」

あなたが、そしてわたしが訴える。

地響きがした。液晶画面に目をやると、さっきのケーキの箱があたま山荘の目の前にあった。

「これが機動隊の秘密兵器だ。君たちが投降しないようなので、今からこれを投入する」

自称カウンセラーは冷たく言い放った。

クレーン車のフックが箱を丁重に持ち上げる。中に入っていたのは、いびつなかたちの金属物体だった。

「なに、あれ」

「分からない……銅像か何か？」

「鉄球だ」あの人が言う。いや、鉄棒とでも言ったほうがいいかな。

続けてクレーンは、物体そのものを持ち上げる。棒状の物体はぐらぐらと揺れながら空中に浮かびあがり、わたしたちの立てこもっていた山荘の二階に激突した。マンガ的な震動とともに、舞い散る粉塵と木片。クラッカーのかけらと星型の火花。

それと同時にやってきた頭痛が、わたしのこめかみあたりを刺激する。二度、三度。きりきりとした痛みだ。何処かでヴァイオリンが鳴っている。ヴァイオリニストの手さばきは、影絵にしたらリストカットを繰り返す少女を連想させた。

「なんなの、これは」

わたしたちは怯えながら破れていない方の壁ににじり寄る。

「見たことないのか。見たことないわけ、ないだろ」

あの人が拡声器で問いかける。

「男についてる、あれだよ」

部屋の壁に突き刺さった鉄棒は、確かにあの人の言うそれの形だった。もちろん画像検索や何かでは見たことがある、けれど実際のかたちはよくわからない。

「しかも表面はよく磨かれ、鏡面状になっている。自分たちの失態をよく見ておくがいい」

棒状の鏡はぐいぐいとわたしに迫ってくる。既にスマホの液晶はひび割れていたが、それをも突き破るぐらいに膨らんでわたしの視界を囲い込む。わたしは目を覆った。

「目を背けちゃダメ」隣でわたしが叫ぶ。インカメラをこちらに向けながら。「どんどん薬を投入するの」

わたしたちがそれに気を取られているあいだに、機動隊の面々は破れた壁面から次々と屋内に潜入してきた。視界にガラスが飛び散るなか、つがいの眼球に設置されたテラスで銃を構えたわたしたちだったが、数十秒の銃撃戦の末、ほどなくして弾切れになった。

「薬が切れた！」

ピルケースを逆さにしながら血まみれのわたしが言う。膨らみ続ける鉄棒に押し潰されそうになりながら。

「弾切れよ！　早く補塡して」

「もう空っぽだわ……」

膨張する鏡のなかで、醜く歪んだわたしが言った。

「諦めて投降しましょう。まだ間に合うわ」

わたしはベッドのシーツをはずして白旗をつくり、それを目の前に広げた。ＧＩＦアニメの赤い旗はとっくに下げられている。

「降参しましょう」

額を抱えながらわたしが言う。痛みをこらえながら鉄棒に背を向け顔をあげると、部屋の壁紙に貼られた幼い頃の写真が目に飛びこんできた。家族写真は、花柄か、本に挟まれた羽虫のようにひび割れた壁に沁《し》みついている。

「……いいえ、逃げましょう。あたま山荘の外へ」

「待って、行かないで」ドアの向こうであなたが叫んだ。これもテープで何度も再生された掠れ声だ。

わたしはもう一度写真に目をこらす。映っているのは家族で軽井沢に行った時のものだ。ビニールハウスの並んだいちご畑の休憩所で腰かける、笑顔のパパとママ。ベンチの真ん中は空席で、少女のわたしはそこにいなかった。

怜丹。写真のなかからあなたは呼びかける。

「どうしてわたしの元から消えたの？」

その時だった。

「総括する！」

眼球の裏から過激派のわたしが顔を出した。彼女が猟銃から放った一発は家族写真を貫通し、フレームの中、いちご畑で微笑んでいたあなたの額を狙い通り打ち砕いた。ドサッという音とともに、あなたは過去に倒れ伏す。シーツで作った白旗の中央で血塊が放射線状に飛び散る。それはさながら、我が国の旗のようだった。

わたしは日の丸の成り立ちを、突っ立ったまま見ていることしか出来なかった。或いはあなたが倒れ伏すのを。写真の外で。液晶の外で。


あの人が警備業者と協力してドアをこじ開けたとき、わたしはそこにいなかった。代わりにいたのは、ベビーピンクのパジャマを着ている年老いたあなただ。

「玲子」あの人は必死に呼びかけ、あなたを抱き寄せる。

「どうしたの、パパ？」あなたは不思議そうに目を丸める。

「玲子、こんなことになってしまうとは……」

「わたしは怜丹だよ」あなたは不思議そうに言う。

「違うよ。玲丹はあさまに……自然学園に行ったじゃないか。そしてそのまま……」

崩れゆくあたま山荘のテラスから固く結んだカーテンを垂らし、わたしは脱走を試みる。家《わたし》が崩壊する前に、家《あなた》を出なければ。


雪の降りしきる夜だった。記憶に雪が堆積していく。カーテンはほどなくして凍りついた。しかし、そもそもカーテンなど必要なかったのだ。わたしはフェンスで足を滑らせ、身体のところどころをぶつけながら闇夜へと落ちて行く。しかしマスコミが注目するなか、空中で踵《きびす》を返すと、やがて夜空を駆け出した。わたしたちも後へと続く。モーション撮影のように、夜空を少女の影がゆっくりと反復した。


「ねえ、これからどうする？」

「革命を起こすわ」

「どうやって？」

「手始めに空港へ向かいましょう。かつて同志が行ったように、民間機をハイジャックするの。この地球儀《あたま》の外側へ、より広い世界へ出るのよ」


わたしは振り向いて、月明かりに照らされたあなたの顔を見つめる。革命を成し遂げた後の、恍惚とした表情。あなたの目に、二度と光は灯らなかった。灰と瓦礫《がれき》が散らばる雪原で、機動隊員は女を抱いたまま、かつて星だったものを眺めている。頭のなかを棒状のジェットが横切り、鏡のように反射しながら闇へと消えていった。

「革命ってなに」

「革命ってのはわたしが思うに……」

都市

病めるアイドル

いつも応援してくれて、ありがとう。

まず最初に、皆さんにあやまらなければいけないことがあります。

毎回、握手会やライヴに出られなかったり、出るといって直前でドタキャンしてしまったりして、本当にごめんなさい。

二日前のＳＨＩＢＵＹＡ‐ＡＸでのアンコールで、呼びかけられても最後までステージに上がることができなかったのは、自分でも悔しくてなりません。

私は舞台袖で、泣いていました。

今日は皆さんに、あのとき言えなかったことをこのブログに書こうと思います。

私は、本日六月二十日をもって、アーバンギャルを卒業します。

皆さんもご存じの通り、アーバンギャルは「いま、病めるアイドル」として、五年前から活動を開始しました。

結成した当初は私たちメンバーも手探りで、自宅でひきこもりながらのニコ生配信や病院オフ、握手会ならぬ手首チェック会などなど、様々な趣向をこらしたイベントを開催してきました（物販で中身入りピルケースを販売したときは、さすがに薬事法違反とクレームがついたので中止しましたが……）。やがて正統派アイドル路線に目覚め、少しずつ動員も売り上げも増え、今に到ります。

アーバンギャルは名乗った時点で加入になるという前代未聞のシステムをとったアイドルグループで、女の子のアカウントがtwitterで「アーバンギャル宣言」をつぶやき、誰かからRTされたら、その時点で彼女はアーバンギャルの仲間入りを果たします。クラスタとも言うのでしょうか？　かつてないシステムによって、アーバンギャルのメンバーはどんどん増員していきました。

年に一度の選抜総選挙は、アイコンの顔出しと#アーバンギャル総選挙参加しますのハッシュタグによって参加が可能となり、昨年は数万人の少女が立候補していたと聞いています。動画配信やメディアを使った選挙活動を行うメンバーもいましたが、女の子によってはあくまでtwitterでのつぶやきだけで票を集める猛者《もさ》もいました。実際のところアイコンは借り物で、女の子を演じているネカマやアダルト業者なども少なくなかった気がするのですが……アーバンギャルは「いそうでいなかった、不在の少女」が集まったグループという歌い文句だったので、そのメンバーが実在するか否かは問われませんでした。

もちろん定期的にライヴや握手会も有志メンバーによって行われましたが、各メンバーが別の事務所に所属している性質上、アーバンギャルのライヴが同じ日に別の会場で行われる、といった事態も多々ありました（実際、事務所に所属しているのかよく分からない子もいっぱいいました）。

私はアーバンギャルの初期メンバーとしてこれまで活動して参りましたが、今日でそれも終わりです。

アーバンギャルが社会現象となり、雑誌やテレビなどでも取り上げられるにつれて、私のグループへの想い、アイドルという生き方に対する気持ちは薄れていってしまいました。そして、表舞台からはすっかり遠ざかり、ブログと twitter のみで、いわゆるアイドル活動を今日まで続けてきました。

わたしが参加していた初期ライヴの音源や映像を動画サイトで御覧になった方もいると思いますが、あれは本当にファンの方が少なかった時期のものです。正直いうと、動員ゼロだったときのものも上がっています。画質も悪く、音も割れていて何が映っているのかすらよく分かりません。それでも「かわいい」「萌える」などとコメントを残して下さったファンがいたこと、とても嬉しく思います。アーバンギャル関連で最も多くのアクセスを集めたという、私の「歌ってみた」動画も、映っているのは私の傷だらけの手足ばかり。かさぶたと痣《あざ》だらけになった私の手足を見て、それでも「かわいい」「萌える」と繰り返して下さった皆さんのお言葉を、私は忘れません。

最後に、皆さんに言わなくてはならないことがあります。

私、××××こそ、不在の少女です。

私は五年前に死にました。いま、このブログは私の父が書いています。

私の父は自ら命を絶った私のことが忘れられず、その死をも認めようとせず、中学の卒業文集を読み返し、私がアイドルになりたかったことを知りました。

そして、アーバンギャルを募り、その中の初期メンバーとして、私をアイドルにしてくれました。

私は父の期待に応えようと、頑張りました。二人で夜通し撮ったPVのことは、今でもはっきり覚えています。私がいくらいいテイクを出しても、なかなか上手くカメラに映らない。最終的には暗闇のなかで踊り、少しだけ映り込んだ笑顔をズームアップして繰り返し使いました。あの動画は彼氏と撮ったのではと噂になりましたが、恋人なんていません。恋なんてしたことがない、これからもすることはきっとない。だって私は、もういないから。

父はこのブログを書きながら、涙を流しています。私もきっと、泣いているでしょう。中心メンバーであり、不動のセンターであり、昨年の総選挙では悲願の首位を獲得した私がいなくなっても、いなくても、アーバンギャルはきっと続いていきます。そう願っています。

私は父にとって、ひとりのアイドルでした。

結局、本当のアイドルなんていないかもしれない。みんなほんとは、普通の女の子かもしれない。だけどあなたは、アイドルの存在を信じているのでしょう? 私がいなくても、私の歌が、聴こえるでしょう?

さようなら。私は最後のステージとなったこのブログの末尾で、お辞儀をし続けようと思います。気が遠くなるまで、ずっと。

今まで応援ありがとう。

××××にはあなたの名前を入れて読んで下さい。

東京への手紙

都市は巨大な絆創膏《ばんそうこう》です
アスファルトのギプスで
荒地を隠している
むき出しの死体に　聖骸布《せいがいふ》かぶせる
血は地下水道で泥水と混ざり合い
嵐の夜　カクテルとなって
マンホールのテーブルにつき出される

都市は小さな下着です

コンクリートの貞操帯《ていそうたい》も
レースで出来た排ガスも
むき出しにしたいのに　紙おむつかぶせる
毛はスカートの下で揺れている
あくる日　カラスのオードブルとなって
ごみ捨て場に投げ出される

都市はあなたのアクセサリーです
イルミネーションを首にかけても
環状線を指にはめても
ビルを丸ごと履いたっていい
すべての窓ガラスはショーウィンドーです
すべて売りものとなっております
肌は光に焼かれ　音に晒《さら》され
デセールが来るまで待ちきれない

だから石のなかに夢を閉じ込め
何処へ行く時も携帯するのだ

かつて
都市は絆創膏であり
下着であり　アクセサリーであった
いまはあなたそのものだ
すべて売りものとなっております
恋愛も青春も生死も捏造《ねつぞう》されて
市場価値を高めるための
かつて
ここは市場であった
いまはあなたそのものだ
タグ付けされて
あなたは歩いた　あなたを踏んだ

あなたはあなたを蹂躙《じゅうりん》したのだ

Blood,Semen, and Death.

我々がエイズをとりわけ恐れる所以《ゆえん》は
それが愛に由来するからだ
愛に裏切られるのはいっとう痛い
肉腫《にくしゅ》はハート型に膿《う》み
我々は恋愛の限界を知るのだ

ピンク色は血と精液の混ざった色である
桃色は肉の色である
一枚　皮を剝がせば地獄が垣間見える

恋することは、地獄に触れることであると
相手の亡骸《なきがら》を抱くことであるという事実が
こわくていたくてしょうがない
「そもそも魂なんぞ信じちゃいません
　恋愛は唯物論者の嗜《たしな》みです」
こう考える人間だけが、傷つかずに済むだろう
我々は傷つかないよう、霊媒師になるのを先延ばしにしている
骨に触れないように、慎重に肉を抱きしめる
或いは言葉を選びながら
墓場までの時系列を正しながら
（ハートが腐蝕していくヴィデオアートを見つめながら）

唯物論を肯定しないので妊娠はしません
唯物論を否定しないので行為します
キスマークは残しません

手紙は破って捨てました

南からの颪みたいに
ざっと吹いて、後には何も残さない
ただ、ハートに小さな皺《しわ》を残す
出来過ぎた加齢みたいな恋愛は
広告代理店にでも売りつけてやれ

ハートのかたちは歪んでいる　が
あらゆる恋が不純異性交遊である　が
あまねくハートは　塵をとり除かれ
結晶化される日を待ち望んでいる
開かずの宝石箱のなかで
骨の埋《うず》まった、膚の下で

101　Blood, Semen, and Death.

フクシマ、モナムール

呼吸とは世界とキスすることだ
息が荒くなるのは
世界と折り合いが悪いときで
いつか　小さく濃密な息をついて
世界と唇がはなれるとき
その手は何も握りしめていない
リボンは静かにほどかれる

いつか　港湾に設置された

プレゼントの箱から
七色の　或いはとうめい蒸気が漏れて
黄色いケーキにナイフを入れるのは
神様、あなたではない

シャッター通りの奥のホテル
パーティルームは除染を済ませた
白い礼服で顔まで隠して
乾杯する恋人たち
世界の歯と歯のあいだに
舌を入れないよう
アクリルバイザーで防護された僕らは
口唇期《こうしんき》の子どもみたいに
放射能を恐れて
エイズを恐れて

世界と恋するために　毒が回るのを恐れて
いつまでも死ねないオフィーリアになって
赤ん坊ぐらいの力で
握りしめている
電池の抜けた
ガイガーカウンターを

だから何度も言ったのだ
愛が黴《か》びてしまうこともあると
ケーキの上で燃えている
ろうそくの火を吹き消すのは
神様、あなたではない
炎とキスする瞬間を
牧師のように見つめていてくれ

死者にリボンを

アドベントカレンダーの箱にひとつずつパンのかけらが入っているといい。クリスマスの朝、キリストが晴れて受肉するという算段だ。或いは恋人に宛てた手紙を千切り紙片を箱につめていく。たどたどしく綴られた文字は最期の夜に二人の別れを示唆する。僕が殺人犯であれば、アドベントカレンダーにはナイフで解体した少女の肉片をパッケージする。眼球、恥骨、左手の薬指をどの日の箱に入れるかはよく思索しなければならない。開けていく相手に対して、適度にヒントも与えてやる必要がある。犯人は誰なのか。誰が少女を殺したか。或いはイエスを。母は子を宿すことによって殺人者の片棒を担がされている。生なければ死もない。箱がなければ中身だってない。子宮に閉じ込めてやらなければ心許《こころもと》ない露出狂のペニスも、がらんとしたワンルームに遺された首吊り自殺者の地縛霊も、外郭なくして実体はない。ナイフは肉に差し込まれるのを求めて夜道をうろつく通り魔の手のなかに。プレゼントはデコレーションされたリボンと包装紙のなかに。クリスマス。イエスの生まれた日。死ぬことを約束された日。プレゼントの箱のなかから、母の子宮から摘出された日。少女が少女の終わりを告げる日。クリスマスイヴに処女を捨てるなんて馬鹿げている。クリスマスまで一枚一枚服を脱いでいき箱におさめていくなんて。アドベントカレンダーの箱にひとつずつ死のかけらが入っているといい。或いは肉片が。パンが。あなたは受肉できない。オーナメントの代わりにもみの木に飾り付けられた小さな肉片。電飾めいて輝く骨片。あなたは受肉できない。プレゼントの箱は棺だ。あなたは贈り届けられる前に、あなたによって奪われる。雪によって隠され、あなた自身でも見つけられない。あなたが神様でも、サンタクロースでもきっと。

自撮者たち

撮って撮られてトランス状態
撮られて撮ってトリップ状態

自撮の自の字はジ分のジ
人生いつでもジュブナイル
他撮の他の字はタ人のタ
タイムライン汚さないで

AH!　ダメ、絶対
JISATSUはダメ、絶対
だけど殺して　そんな夜
優しいKISSの代わりにKILL

（LET'S KILL!　LET'S ラ KILL!）

殺すなら　殺すと云おう
死にたくなったら詩を読んで
だけど最後に写真を撮って
私が私でなくなる前に

撮って撮られてトランス状態
撮られて撮ってトリップ状態
※くりかえし

（KASRAC　出 0000587181726833）

女の子だもん。恋もしたいしキスもしたい。お金も欲しいしセックスだってしたい。だけどそれ以上に自撮者の夢はあきらめきれない。自撮者になるのなんか、今や簡単。誰でも自分で自分を撮って、ブログやタイムラインにアップしたら、すぐに自撮者と認めてもらえる。だけどわたしはそんなヌルいのは嫌。並みいる自撮グループの頂点に君臨しない限りは、本当の意味で自撮者……セルフィストになんかなれない。そう思ってる。だから今は我慢してるの。というわけで、わたしとセックスしたい皆さん、許して下さい。代わりに一曲歌います。聴いて下さい！　『偶像崇拝』！

「こんな感じで良かったの？」

パパとの三回目の行為を終え、コーク・シガー（芸能人御用達《ごようたし》・秘密の味）をくゆらせながらわたしは言った。壁面モニターの中では二時間前のわたしが、地平線まで続く墓地をバックに笑顔で歌い踊っている。

「オッケーオッケーチョーバッチリ。最後に泣いたらもっと良かった」

「バカじゃんこんなんじゃ泣けないよ。もっといい作家連れてきてくれないと！」

わたしは読みかけのパルプ雑誌『日没』を壁に向かって投げつける。創刊二千十四年を誇る芸能誌は（キャッチコピーは『神様だって有名人』）ゾンビ美人画で知られる現代美術作家・レオニード＝藤本の数少ないインスタレーション作品『俺の妹が中野ブロードウェイの十三階で白骨死体として見つかった件ｗｗｗ』の中央に配された巨大なヴァギナのモニュメントにぶつかり、鼻血を流しながら微笑むわたしの顔を表にして疑似ダイアモンドの床にバサリと落ちた。

「わたし、いつまで戦わされるの？　もう疲れたんだけど」

「死ぬまでじゃな～い」

ジェリーの詰まったウォーターベッドに横たわったまま、クリスタル素材で作られた天井を見つめた。まんまるの月を背景に、企業広告のロゴが横切る。「あと何回、家族と月を見上げますか」安っぽいガン保険のキャッチコピーだ。ヘドが出る。

「憂子、綺麗だよ」

パパはアイポンを取り出すと、裸のわたしを連写してまわった。

「ちょっと、なに」

いつものことだ。

「憂子の今を切り取りたい。一秒一秒が遺影なんだ」

「やめてよ、流出したらどうするの」

わたしはそう言いながらもまんざらではない。両腕を首の後ろにやって、破滅的に大きなバストを強調してみせる。いつか歳をとってシワシワのおばあちゃんになったら、往年の大女優みたく、お宝発見みたいな感じでこのヌードを世に問うのもアリかもしれない。でもこの出版不況の時代、ヌード写真集で一番儲かる方法はなんだろう。エロよりグロの時代だから、内臓なんかががっつり写った写真のほうが売れるのかな？　それを記録として残すためにはまた豊胸手術とかしたほうがいいかな？　荒野に花を咲かせるみたいに。

「憂子、何度でも言おう。君は美しい。ビューティフルでプリティでＫＡＷＡＩＩ。死ぬまで戦ってくれ！　僕のために」

「でも、だって」

わたしはノリノリでシャッターを押しまくるパパに言う。

「死ぬまでったって、わたしは死んでも死ねないじゃない」

「命はね」

パパは戦場カメラマンにでもなった気分なんだろう。かけ足、横転、無駄にアクションをキメながら声だけは冷静だった。

「だけどそれはあくまで肉体の話。ボクがね〜言ってるのは、芸能人としての命ね。タレント生命？　とかいうやつ？　憂子が何回死んだって、アキバ・ウォーク・オブ・フェームに名前が刻まれている限りパパはキミを甦らせる。愛の力で！　だけどキミのタレント生命が終わってしまったら、パパは新しい女の子に乗り換える！　君は芸能界に、静かに消される！　やっぱり愛の力で！」

パパはお得意の講釈を垂れながら、レンズの内側で何度もわたしを射殺してみせる。

「疲れた頃にはもう死んでるってことかあ。つくづく人形だなあ」

「そう、キミたちは人形！　ボクたち人類のおにんぎょさん！」

「だけど生物学的には、もう人形と人間の違いなんてないんでしょ？」

「その通り！　クローンなんて言葉ももはや死語だよ。人間は人間そっくりに人形をつくることに成功したし、もはやその違いは科学的にも神学的にもほとんど認められない。議論するのもバカげてる」

わたしもクローンについては聞いたことがある。昔むか〜しにつくられた最初期のクローンは人間ではなくて動物、それも羊だったそうだ。人類はクローン羊を何百も増やし続け、当時社会問題になっていた不眠と遺伝子の因果関係を研究していたらしい。国立睡眠学博物館には今でも最初のクローン羊の剝製が飾ってあるけど（目玉に赤い豆球が挿入されていて、来館者が通るとビコビコ光る）当時の睡眠導入剤はまだ未発達で効能も悪く、科学者たちは不眠研究の礎《いしずえ》としてのクローン羊にあやかって、眠れないときは「羊が一匹、羊が二匹……」と数えたという。

わたしは遥か太古からのクローン研究のタマモノで、チョー快眠、チョーショートスリーパーな女の子だったけど、そんなわたしにだって眠れない夜はある。そういう時はパパに電話して、愛用のメルセデス・ベンツ・ランボルギーニ・トヨタで迎えに来てもらうのだ。

「やらせ感アリアリのコメントはまあいいとしてさ、今日のゲームどうだった？」

「そうだね～憂子はさ、甘いよね、相手に対して。何なのそれは？　武士の情け？　敵に塩送っちゃってるの？」

「わたしとしては冷酷無比な自撮者を全《まっと》うしてるつもりだけどな～」

「ダメダメ全然ダメ。今日もあそこでぶぶたんの金玉をえぐり出さないと！」

パパはアイポンをリモコンモードに切り替え、さっきから映し出されていた今日のゲームのダイジェストを巻き戻す。全身血まみれのまま一曲歌い終えて笑顔のわたしは、時間の流れに逆らってあっという間に無傷になり、同時に作り笑いをやめ、最後に魂の抜けた人形の顔になった。

欲しがりません勝つまでは。地下八百階、七十二億人収容のドームに歓声が響き渡るなか、わたしとぶぶたんこと舞舞子は命を賭けた勝負に興じていた。

「月経！　月経！」

本日も流血を伴うゲームが繰り返されている。

「月経！　月経！」

オーディエンスの歓声が場内に響き渡り、今にも手足が千切れそうなほどステージで踊り狂う少女たちの歌声を掻き消す。

わたしたちは自撮者と呼ばれ、JST444に所属し、毎晩ここJST劇場で殺影会を行っている。殺影会は女の子が一対一で戦うゲーム……ゲームと言えば聞こえがいいけど、要するに殺し合いだ。わたしたちは或る意味でセックスよりもヒステリックで扇情的なパフォーマンスによって観客を魅了する。客席には古くからオタと呼ばれているオーディエンスたちが、退屈なゲームを続けている自撮者たちに怒号を浴びせかける。

「ぶぶたん、チンチンを出せ！」

「憂子、いいかげん死ね！」

ツインテールのぶぶたんは今年あたまに彼女のパパとの親密交際が発覚して、ペナルティとして五百ミリリットルペットボトル大のペニスを股ぐらに括《くく》りつけられてしまった。きちんと生体的に縫合されたペニスは試合中も興奮してくると本人の意志とは無関係に怒張する。今日も水玉フリフリスカートのあいだから、むくむくとぶぶたんのぶぶたんが膨らみ始めた。

「は、恥ずかしい……」

ぶぶたんはアニメキャラみたく、ステレオタイプに赤面する。せっかくの妹属性も、ペニスが付いて台無しだ。わたしはざまあみろと思う。

「くわえてあげよっか？　ぶぶたん」

「余計なお世話ですぅ！」

ぶぶたんはきっと睨みつけるとアイポンを機関銃アプリに切り替え、わたしに向かって一斉掃射した。こちらもレタッチアプリをすぐさまあやつり、放たれた弾丸を逐一イレーズしていく。

わたしたちが常に持ち歩いているこのアイポンはカメラや情報端末のみならず、インストールしたアプリによっては武器にも殺戮兵器にもなる。現代人は文字通り、指先ひとつで世界を操ることができるようになった。

ぶぶたんとわたしの生足がスカートの中から覗くたび、観客席に陣取るオタたちのシャッター音が一段と大きくなる。蜂の巣の中に閉じ込められたみたいだ。虫の羽音のようなシャッター音はとめどなく続いている。

殺影会は言葉の持つ原義の通り、いくらでも写真撮影することが可能だ。それらは即時アップロードされる。オタたちが撮った「戦場写真」がどんどんネットにアップされることでタイムラインは過熱し、ゲームにも影響を及ぼす。

「舞舞子　検索数　517752786」

「憂子　　検索数　121147688」

中央に配された五次元パネルが現在のネット上におけるわたしの劣勢を伝えると、アイポンの画面に並んだアプリの一部が強制削除される。わたしは舌打ちすると、最新カメラアプリ『ONAOSHI 糜爛《びらん》』を起動して、ピースサイン&困り顔のチョーかわいい自撮をしてみせ、アップした。

「試合中にそんなの、卑怯ですぅ！」ぶぶたんが不平を訴える。

「うるさいな！　そんなのルールにない！」

わたしは自撮の時とは打って変わって卑屈なオンナの顔になると、ぶぶたんが手にしたアイポンをパチンコアプリ『ゆきゆきてKOKYO』で弾《はじ》いた。ぶぶたんの顔が歪み、存在を主張していたペニスがへにゃりと折れ曲がる。

「舞舞子　検索数　675424425」

「憂子　検索数　546454112」

わたしの自撮投入を受けて、タイムラインが再び沸騰し、今度はわたし色に染まる。ぶぶたん手持ちのアプリが八割方消去された。

「うわ〜！　うわ〜ですぅ！」地表にぶざまに倒れたぶぶたんは、アイポンを原始的に叩いてアプリの復旧を試みる。ひょっとするとこの萌え萌えな仕草も、検索数を誘発させるための戦略なのかもしれないが。

「ぶぶたん、じゃあね」わたしは泣きわめくぶぶたんの頭にパチンコ玉で狙いを定めると、一気に撃ち抜いた。ぶぶたんのいちご味の脳みそが会場にきらきらと舞い散り、嘘くさい虹をかける。充満する甘ったるい匂いで吐き気がしそうだ。

「ココ！　ココだよココ！」

パパはちょうどぶぶたんの頭蓋からピンクの脳みそが噴き出す瞬間で一時停止した。アヘ顔のぶぶたんは、イキたくてもイケない、なんとも言えない絶頂の表情で脳が飛散するのをこらえている。「せっかくね、ぶぶたんはチンチンが付いてるんだからさー」パパはわたしに問いかける。「もっと色々あるでしょ！　しごいて射精させてから金玉をえぐり出して客席に投げつけるとか、馬乗りになって憂子の子宮に中出しさせてから金玉をえぐり出して客席に投げつけるとか、そこから早送りして憂子の出産シーンまで飛ばしてパパはぶぶたんよ、もう死んだけどみたいに泣きわめく赤ん坊を抱きながら叫んでから金玉をえぐり出して客席に投げつけるとか！」

「結局金玉を投げつけるんですね」

「そーですよ。何故それをするか？」

「そのほうが検索数が稼げるから」

「ですよ！　相手はただでさえチンチン付いてて好奇の目に晒《さら》されててね、検索ヒット数としては断然有利なんだ。君は連戦連勝、客としては断然君のほうが面白くない。オタたちは口では清純派が一番とか言いながら、ほんとは火種を求めてる。君は強すぎて、カンペキすぎて、炎上する話題を提供してくれないんだもん！　オタたちにとっちゃつまらないよ！」

「だったらわたしもパパと『ウェンズデー』されれば良かったっての？」

「う〜ん、そこまでは言ってないけど」

『ウェンズデー』というのはぶぶたんの熱愛をスッパ抜いた芸能ゴシップ誌の名前だ。この超情報化社会において芸能人のプライバシーは完全に無視されるようになった。誰でも簡単にニュースを発信できる今、道行く全ての人が芸能記者でありパパラッチであると言っても過言ではない。各々レント事務所が新人を出すたび出すたび、一般人のつぶやきも含めた各種メディアに若い芽を摘まれてしまう。そういうのは困るということで芸能界のドンの鶴の一声で、プロアマ問わず、週に一日だけしかスクープ取材をしてはならないという協定が業界内外で結ばれた。それが水曜日で、ウェンズデー、というわけ。だからわたしたち自撮者にとって、水曜日はデート禁止日、セックス禁止日、もちろん建前としては女の子として生きてる限りずっと、みたいな感じになってるけど。

そんな建前からも醜聞《しゅうぶん》からも逃れて、さらばぶぶたん、一時停止を解かれた舞舞子は会場をファンシーなピンク色に染めて、モニターのフレームに横たわった。首から上はお花畑状態だ。わたしは画質最悪の原始的カメラアプリ『写るんです、か?』を起動して、ベリー・オートミールのゲロみたいになった舞舞子ちゃんのバストアップをなるたけキタナラしく写真におさめ、アップし、小さく十字を切ってにやりと微笑む。この撮影行為が「他撮」と呼ばれ、いわば殺影会のハイライト。あとはホンの通りにコメントして、オタたちを不必要に感動させ、一曲歌って試合はお開きとなる。ぶぶたんは砂嵐にのまれ、のっぺりとした停止画面の青空がモニターいっぱいに広がった。

自分を撮るという行為が「自撮《じさつ》」という用語で流布《るふ》し始めたのはいつの頃だったのだろう。パパ専門のメディア史によれば、まあそれは遠い遠い昔、女の子がまだ生身の人間で、人形扱いされていなかった頃の話だという。

「いま考えると不思議なんだけど、当時は女の子がまだ他の人間と同じだと考えられてたんだ」

「んなわけないじゃん。女の子はみんなの遊び道具、お人形なんだから」

「だろ？　おかしいだろ？　でもね、それまでは人間と見なされていた少女たち自身が、いつしか、自分たちを人形みたいに扱って欲しいと思い始めたんだな」

「それはドレイみたいなこと？」

「いや、ちょっと違う。本来であれば人形は持ち主に大事に扱われるだろう？　ぶんぶん振り回して腕が取れてもお母さんが縫い合わせてくれたし、何処にだって連れて歩き、時には話しかける。まあ人間みたいな自発性は皆無なんだけど、それでも人形には人形の権利……大事にされる権利みたいなものはある。少女たちは自ら進んで、人形の役回りを演じたくなったんだな」

最初の兆候が自撮だったとパパは言う。

「自撮っていうのは同じ読みで別の言葉があるだろ。今では考えられないけど、自分の意志で自分を殺すっていうアレだ。当時少女たちのあいだでは自傷といってさ、自分の手首とかをグサグサ切りつけるのが流行《はや》ってたわけよ～」

「そんなことしたってすぐに再生されちゃうじゃん」少女は自分の意志で死ねない。持ち主がもういらないとでも思わない限り、手足は何度でも自動的に縫い直される。

「今の技術だったらね。だけど当時は彼女たちは壊れれば壊れっぱなしの人間で、人形みたいにまたつなげてなおしてっていうことはできなかった。それで、自分の腕なんかを深く切りつけると痕が残っちゃうでしょ？　女の子によってはおろし金みたいになっちゃってさ。でもそれが彼女たちの勲章にもなってたらしい。ヤバいね」

「その、自傷がどうやって自撮に結びつくの？」

「まあ聞けって。自傷っていうのはね、現在の研究者たちによれば、或る種の表現衝動だったんじゃないかと言われてる。ガーリー・アートの先駆けだね。少女によっては腕をキャンバスに見立て、ハートマークや記念日の日付、好きな男のイニシャルなんかを刻んだんだ」

「ひえ～」

「いや、ほんとひえ～だよ。だけどその手首グサグサ自己表現は、今度はもっとソフトな方向……自分の顔を撮る方向に向かった」

　パパは明日新聞の午前三時十一分版を片手にアイポンをチェックした。そして、あ、もうぶぶたん生き返ってるとつぶやくと、再びそれをテーブルに戻す。

「まず最初にその、自傷……リスカっていう可愛い名称があったんだけど……リスカを写真におさめてアップするのが流行したんだ。匿名掲示板なんかにね。ノンクレジットのグラフィティ群、ストリートアートのインターネット版ともいえる」

「なんで彼女たちはそんなことしたの？」

「助けてもらいたかったんだろ」

「誰に？　何を？」

「本人たちにだってそんなの分からない。自分のことを人形だって自覚するまで、女の子たちはやれジコドウイツセイだとかアイデンティティだとか（一緒か！）くだらないことで悩み続けなくちゃならなかった。それを解消するために自己表現があったんじゃないスかね～。キミたちとは大違いだけど」

「わたしたちだって悩みぐらいあるもん！」わたしは演技がかって頬を膨らますと、あっこの顔いけるかもと思い自撮してすぐにアップした。

「それそれ。今は感情すらパロディにできる。心の揺らぎさえも作品に代えることができるから、極限まで追いつめられることはない。マジにならなくて済むから楽なんだよ。で、この作品に代えるという点で現代まで連綿と続く自撮の文化が花開いた。なあ憂子、セックスは作品になるかな？」

パパはわたしのクソモードでクソファナティックな紀元前五千年代風ワンピースを脱がしにかかる。

「そうだな〜。それを撮れば作品になるんじゃない？」

「どうして？」

「観賞する人間が現れるから」

「その通り。だけど僕はニンシンすればと言って欲しかった（惜しい！）。とにかく赤ちゃんを作るにせよ写真を撮るにせよ、第三者にそれを見せつけることができればどんな行為でもアートになる。そういう意味で言うと、生まれてから死ぬまで好奇の目に晒され続けるキミたち女の子は、自分自身が作り手であると同時にアートだとも言えるね」

「わたしは自分の体を自分で切ったりしないけどね」

「だけど、習慣的に自撮をする。これは第三者を踏まえた、十分に創作的な行為なんだよ。習慣として自分を置き換え、作品として他者にその生殺与奪すらを委ねるようになった。逆に言えば、レスがなくちゃ生きていけない、不安になるとも言える」

「パパ、会話が弾むのはいいけどちょっと説明的になってきた☆」

「そうかな〜。パパも第三者を、読者を意識しちゃったかな〜笑笑笑」

わたしたちは紙の上でお互いの体を文字にうずめながら、クソフィロソフィーでクソビッチな会話を続けた。

「自撮。ジサツは同音異義のあの言葉と或る意味ではほぼ同じで、自分を殺すことの代替案なんじゃないかという考察が今では一般的だ。それは自分を作品に代え、お人形として固定すること。その先駆けとして自己破壊衝動の面目躍如といった手首グサーがあったり、それに準じた自傷行為があったんじゃないかと言われている。だけどキミたちはもう恒常的に人形になってる。自撮は習慣化したし、第三者の目はそこかしこにあるしね。キミたちは晴れて誰かの人形になり、作品になったというわけだ。女の子は、生きているだけで作品、女の子が百人集まれば、さながら美術館の出来上がりだよ」

動物的行為の描写をなるたけ遠ざけながら、わたしは（喘ぎ声）クソジーニアスな会話を（喘ぎ声）続けようと試みる。

「パパ、それで（喘ぎ声）わたしたちが今やっていることも（喘ぎ声）作品なの？」

「言っただろう（喘ぎ声）撮られたり記録されない限り（喘ぎ声）セック（喘ぎ声）スは作（喘ぎ声）品にならない」

「だけどわた（喘ぎ声）したちさっ（喘ぎ声）きから誰かに見（喘ぎ声）られてる気がしない？」

「読者（喘ぎ声）じゃ（喘ぎ声）な（喘ぎ声）く（喘ぎ声）て？」

サンプラーについているような嘘くさいシャッター音とともに窓の外からフラッシュが焚かれ、わたしたちは行為を中断せざるを得なかった。パパのぶぶたんがみるみる縮み上がっていく。

「今日は水曜日です」

全面窓ガラスの壁の向こうで、ウェンズデーの記者は言った。


地上三百六十五階建てビルの三百三十五階の窓から眺める夜景はまるで深海だ。滲《にじ》んだ雲間で宇宙服を着てカメラを構えるウェンズデー記者は、潜水スーツを着た海底調査員といったところだった。

「どうも、週刊ウェンズデー記者の林林です。今日はＪＳＴ４４４のセンターに君臨する憂子さんとそのパパさん、パラノ助蔵プロデューサーの熱愛を記事にしたく、写真を撮りに参りました」

窓ガラスがあるという制約を演劇的パントマイムですり抜けて、林林記者はパパに名刺を手渡した。

「いま【不適切な行為】をされていましたよね。見てました。そして撮りました。まだアップはしていません」

「き、きさまー」パパは唐突にセリフを思い出したかのように、なし崩し的に叫んでみせた。「写真を絶対アップするなよ、いいか、絶対アップするなよ」

「まるでアップして欲しいみたい。どうせ炎上させたいんでしょ」

大人たちだって数のゲーム。結局ルールがとかモラルがとか言ったって、人気を奪ってしまえばそれがルールやモラルになる。そして人気をとるためにはどんな裏ワザを使ってもいいのだ。何だかバカバカしい。

「どうやら炎上を狙って、わたしにお二人の【不適切な行為】写真をアップさせようとしているみたいですが……恐らく、あんまり意味ないと思いますよ」

「な、なぜだー」パパの演技はやっぱり大根だ。

「今年あたまのぶぶたんショックから、ファンも熱愛に対してはだいぶ耐性が出来ています。しかも彼女は罰として【不適切なもの】を括り付けられてしまった。今晩行われた殺影会で憂子さんに他撮されましたが（大勝利でしたね。おめでとうございますといって林林記者は金一封をわたしの手に握らせる）どうやら先ほど甦ったぶぶたんは……」

「こ、これかー」演技過剰のパパは再びモニターをオンした。そこに映し出されたのは一日三十六時間体制で最新ニュースを伝える『ニュース病棟∞（無限大）』という番組で、今日の舞舞子とわたしの試合が流されていた。その後検証画像に切り替わり、ほとんど何が何かも分からない全面肌色のモザイク映像のなか、テロップが流れる。

『新しいぶぶたんには二本の【不適切なもの】が！』

「こんなグロテスクな世の中なのに自主規制なんかあるのか。テレビは前時代的だな～」

「嘆かわしい限りですが、これがテレビの、我々旧メディアの限界です。それはともかく、いいですか、新しいぶぶたんには二本、【不適切なもの】が二本付けられたそうです！　これは明らかに炎上を狙った改造でしょう」

「一本追加はぶぶたんの意志なのかな」

「それは分かりません。ただハッキリ言えるのは、もうみんな、ちょっとした火種では焚きつけられないってことです。【不適切なもの】を一本どころか二本付けないと、だあれも驚かない。炎上もしない。だからたとえセンターの憂子さんの記事とはいえ、こんなたかが【不適切な行為】写真、ギリギリ合格ラインですよ！」林林記者は吐き捨てるように言った。

「何様のつもりだ貴様！」パラノ助蔵プロデューサー、もといパパは、自分の作戦の浅はかさを指摘されて激昂した。

「じゃあ何で撮りに来たんだ！　いちいち三百階くんだりまで浮かんでくるな！」

「そうですねえ～、う～んそれは僕にとっての表現っていうか～、やっぱり表現ですかね？」

「おい憂子、こいつ殺せ」パパはわたしに命じた。

「えっ？　変なこと言うのやめて下さいよ！」

イエス、松沢クリニック！　わたしはアプリで『THE 埋立～夢の島 1982～』を起動すると、荒縄で両手両足を縛った林林記者を後部座席に乗せ、夜の湾岸道路を走った。林林の選択肢は二つ、海に浮かぶか、未舗装の道路に埋められるかだ。

「なんで殺されなきゃいけないんですか～。第一、そんなの犯罪じゃないですか～！」

「炎上させるのは難しいって言ったのはあんただろう」助手席で歌うようにパパが言う。「チンチン二本のインパクトに相当するのは、現役タレントの殺傷事件ぐらいしかないでしょ〜が！」

「セックス〜、ドラッグ〜、ロックンロール〜！」林林記者はサイドガラスにガンガン頭をぶつけながら叫んだ。【不適切なもの】のベールが剝がされ、見るに堪《た》えない文字が紙面に踊る。唾だって吐く。

「おいやめろ！　最高級のメルセデス・ベンツ・ランボルギーニ・トヨタだぞ！」

「さっきはバカにしてすみませんでした。憂子さんと助蔵さん（変な名前）の結合写真については無修正フルカラー巻頭ページでバババーンとやりますから、赦して下さい。赤字覚悟で億刷りますから。どうかお赦し下さい。チンチン三本、否、十本レベルで書きますから」

「ほんとに？」

「ほんとです」

「ほんとにほんと？」

イエス、松沢クリニック！　林林記者はありったけの笑顔で、親指を立ててみせた。

男　女　男

なぶりなぶられ三千里

男　女　男

なぶりなぶられ三重苦

わたしなんかにゃついてないから
お前のことなぞわからない
（わからない　ああわからない）

お前さんにはついているから
わたしのことなぞ意味不明
（意味不明　ああ意味不明）

あの日指輪をなくしたわけを
海岸通りで教えてくれたね
不注意のフラジャイル
不自由なフルクサス
男と女と男と女
そういうもんさね　そういうもんだろ

男　女　男

なぶりなぶられ三千里（ヨイショ）
男　女　男
なぶりなぶられ三重苦（コラショ）

（KASRAC　出 0005484892867565）

女の子だもん。恋もしたいしキスもしたい。お金も欲しいしセックスだってしたい。だけどそれ以上に自撮者の夢はあきらめきれない。そう思い続けてかれこれ二百五十年闘ってきました。だけど今日、わたし、憂子はプロデューサーであるパラノ助蔵ex.パパa.k.a財布さんとのお付き合いが週刊誌に取り沙汰されてしまいました。しかもわたしが皆さんに特に、きちんとお伝えしなくちゃいけないことは、それだけではありません。こちらはもっと、大事な大事なお話です。スクープ写真を見た方は既にご存知とは思いますが、その……わたしには……チ……ペニスが、じゅっぽん……十本生えているということです。二本どころの騒ぎじゃありません、十本です！（ぶぶたん死ね！）三本ぐらいだったらいいかなって思ってたんですが、今日週刊誌を買ってみたら十本って書いてありました（林林死ね！）。これは多分本当です。ていうかほんとです。書かれたことは全て正しい。後付けだろうが正しくなる。もしペナルティがあるというんだったら是非とも受けさせて頂きたく存じます。受けて立ちますとも。とことん来いや！　というわけで今日も勝ったんで一曲歌います。聴いて下さい！　『おんな嬲《なぶ》り節』！

「こんな感じで良かったの？」

「オッケーオッケーチョーバッチリ。最後に下半身を丸出しにしたらもっと良かった」

「バカじゃんまだ付けてないっつーの！　これから手術するっちゅーの！」

わたしは読みかけの『ウェンズデー』を壁に向かって投げつける。今回赤字覚悟で三億部を発行し、奇《く》しくも廃刊号となってしまった当誌は、アウトサイダーアートで知られるヘンリー・ダーガーによる絵巻物『非現実の王国で：非現実の王国として知られる地における、ヴィヴィアン・ガールズの物語、子供奴隷の反乱に起因するグランデコ・アンジェリニアン戦争の嵐の物語』二十二世紀版レプリカにぶつかり、死相の出ているわたしの顔を表にしてピンクモヘアの床にバサリと落ちた。

週刊誌に書かれた嘘は既に嘘ではない。火のない所に煙は立たない、という傲岸不遜《ごうがんふそん》な論理によって、大衆は嘘を真実の一部であると受け入れる。じゃあいっそ、嘘に自分を重ねてしまえばいい。

「と、いうわけで、手術だ憂子！」パパはリモコンモードをわたしに向かってセットし、早送りのボタンを押した。黒子たちが素早く立ち回り、場面が即時転換する。二週間後、十本のペニスを携《たずさ》えたわたしは股ぐらに重々しさを感じながらJST劇場へと赴いていた。

地下八百階まで降りるエレベーター。恐竜の化石が眠る太古の地層を潜り、謎のモノリス突き刺さる超古代文明の跡地を抜け、冥界、更には地球の裏側までつんざくこの八人乗りの棺に体を押し込めると、わたしは今日も日課の自撮を一枚やっつける。

「今日も殺影会だ〜　みんな来てくれるよね？？？」

そしてレタッチされ、不自然に拡大された自分の瞳の中に小さな小さなドクロマークを発見すると、少女の終わりを実感させる、諦めにも似た薄桃色のため息をつく。

「わたし、いつまで戦わされるの？」

計十回に及ぶ性別適合手術を受け退院した日の夜、車で呼びつけたパパにわたしは抱きついてみせる。

「もうほんとにほんとに疲れちゃった！　なんかブラブラしたものは付けられるし！」

「憂子〜。粉が足りないんじゃな〜い」パパはそう言ってアタッシェケースから袋詰めのホットケーキミックスを取り出し、わたしに向かってばら撒いた。

「ちょっとやめてよ！　わたしはマジメに言ってるの！」

「バカだな、全部コメディじゃんか」先週、林林記者が復讐のために雇った辻斬りによって半身を分断されたパパは、遺された右半身だけでヒヒヒと笑う。「俺は俺で半分になっちゃうし。しかしあの辻斬り、見事だったな。ウェディングケーキみたくばっさり入刀しやがった」

パパは自分の半身と引き換えに、薬物と結婚した。二人は今や事実婚の関係にある。

「笑って過ごすのも、もう飽きちゃった」八〇年代、ごみ捨て場だった夢の島に打ち捨てられたパパの左半身について想いを馳せながらわたしは返す。喪われた半身は、きっとわたしだ。

「これからは泣くの。わたし、悲劇のヒロインになる！」

「相変わらず甘いなキミは。あれだけ金玉えぐり出して世の中のバカどもに投げつけろって言ってきただろう！　悲劇のヒロインだ？　そんなんだってな、作品化しちまえば全部デフォルメだしパロディになっちまうんだよ！　お前が泣く理由なんてどーせ全部シェイクスピアの二次創作だ！ギリシャ神話の同人作品だ！　泣いてろ泣いてろ！」

「……新しい女の子が出来たのね」

パパはギクッとした顔になり、大根役者の勘が戻ってきた。

「ば、ばかいうなー、おれはけっぺき、イノセントだってー」

「だれ、舞舞子？　それとも新人の忍者子？」

「あんなまきびし持ってる女のことなんか知るか！　……キミの知らない女の子だよ。或いはもう知っているかも。今度の殺影会で会わせようじゃないか」

そして今日この日がやって来た。個人的には生理も重なるし、うんざりだ。

「本日もＪＳＴ劇場にお集まりいただき、誠にありがとうございます。ＪＳＴ４４４の総合プロデューサー、パラノ助蔵です」

深夜の顔とは打って変わってお堅い雰囲気を演出するパパ（左半身無いけど）にスポットが当たり、今日もドームに集合した七十二億人のオタたちは絶叫した。自分たちが幽霊であることも忘れて。

「チンチン出せ！」

「はやく女の子のチンチンを見せろ！」

ぶぶたんの二本目に端を発し、わたしの十本で完全に競争化した自撮者たちの陰茎追加合戦は今や最高潮に達していた。観客のなかにはこのブームに乗り遅れまいと、自分自身のペニスも増やしてこのテンションを持続したいという強者《つわもの》さえ現れた。

「まあまあ、皆さん落ち着いて。今日はまず、先日ウェンズデーされた我々のセンター、憂子についての処分を発表します」

パパは自分もゴシップ誌の巻頭カラーを飾ったことなんか棚に上げ、わたしへの処罰を声高に宣言した。客席を覆い込む一瞬の沈黙を舌の上でよく転がして味わった後、渡されたカードにデコレーションされた大きなリボンをほどき、書かれた文字を一語一語確かめるようにゆっくりと発語する。

「憂子は、センター剝奪、また、本日の殺影会を最後に、ＪＳＴ４４４を、卒業します」

客席からは悲鳴とも歓声ともつかない声が響き渡る。そして天空遥か彼方、インターネットの網の上では「万歳」「憂子死んだ」「ざまあｗｗｗｗ」「さよなら憂子ｗｗｗｗ」などのコメントが無軌道に躍っていた。

この日がいつか来ることは分かっていた。女の子は老いに敏感であるべきだし、引き際が肝心だ。少女という作品として美術館に飾られることがなくなれば、速やかに人形供養してもらうべきだろう。分かってはいる。分かってはいるのに、このやりきれない気持ちはなんだ。パパはもう、わたしのパパじゃない。

「そして本日は期待の新人、直子マイケルを紹介いたします。直子、出ておいで！」

パラノ先生の拍手を合図に空が裂け、少女のシルエットがオタたちの頭上に浮かんだ。少女は天使を模して、ワイヤーアクションでドームの中心へと降り立つ。フラッシュの集中砲火の中で燦然《さんぜん》と輝く直子マイケルの姿に対して、大きなどよめきが起こったのは言うまでもない。

「皆さん驚きのことと思います。何を隠そう直子マイケルは、ザ・整形《カスタマイズ》ガール。これまでJSTに所属してきた少女たち総ての優良パーツを組み合わせて作られています！」

瞳はぶぶたん！　鼻はZ子！　耳はノンノ！　おでこはまきぞー！　顎はジョーよし子！　髪型はエリー波元！　そして唇は憂子……パパと何度も重ねてきたわたしの唇で出来ていた。

「ミナサンコンニチハ！　ナオコマイケルデ〜ス」

直子は転校してきた帰国子女のようにカタコトで自己紹介し、笑顔で客席に中指を立てた。萌え腐るブタども。

「直子マイケルはこれまでの人形修繕技術の総てを結集した非の打ちどころのないハイスペック萌え萌え少女！　今日はこの直子とのゲームをもって、憂子の卒業公演とさせて頂きます！」

宇宙の遥か彼方でクス玉が割れ、中からガラス片や糞尿、紙くずとともに飛び出した垂れ幕が大気圏をも突破しながら地下を貫通し、ドームの天井まで落ちてくる。「憂子死死死死死死死死死死死死死死死死……」と暑苦しい毛筆で書かれた垂れ幕が「ね」の字でちょうど地面につくのを合図に、直子マイケルとわたしの勝負の火ぶたが切られた。個人的には生理も重なるし、ちょーうんざりだ。

会いたいときにはいつもいないの
あ痛いときにはおくすりないの
あなたとわたしのスレ違い
キスとキズとの点点違い

キチ×イあなたはキラーチューンで
わたしを今日も殺してまわる
キ×ガイわたしはきらっとひかる
あなたを今日も生かしてあげたい

出会わなければ良かったなんて
二日目の朝に言わないで
あなた　貴様　わかっているの
二日目のわたし　かなり重いの

朝までガードな恋なんて

ゆるさない（ゆるさないきっと）ゆるさない
夜用スーパー愛《いと》しくて
ゆるさない（ゆるさないきっと）ゆるさない
※くりかえし

（KASRAC　出 000088241263633）

殺影会はフルコースが順繰りに運ばれるように、ゆるやかに、貴族的に進行した。ステージ上ではJST研究生の年端《としは》もいかない女児たちが、つい三百十一年前に生理用品『ダンダラNEXT』のタイアップを飾った永遠のB面ソング『重い女』をもたもたしながら熱唱している。半裸で。下は腰みので。上空には蛍光色の花火が舞い、書割を無視した飛び降り自殺者が舞い、二番煎じを許さないぶぶたんによって切除された幾億ものペニスが舞っていた。

「オテヤワラカニネ」

カタコトで喋る直子マイケルの動きは話し方同様ぎこちなく、視線は定まらないのだが、ふとした瞬間に隙を狙ってきたりして、なかなか侮《あなど》れないのだった。

「ゆるさない（ゆるさないきっと）ゆるさない　※くりかえし」

わたしはわたしで研究生たちが歌う『重い女』のサビを復唱しながら、カメラアプリで自撮を繰り返しアップし、ケチな点数稼ぎを続けていた。

「直子マイケル　検索数　32415352545」

「憂子　　　　　検索数　155415265」

五次元パネルは今の人気のバロメーターを冷酷に数値化する。たとえ卒業公演だろうと、ペニスが十本生えようと、自撮をめいっぱいアップしようと、わたしは過去の女の子、終わりを迎える少女に過ぎないというわけだ。かわいいはつくれる！　めちゃモテフランケンシュタイン・直子には注目度もかわいさも敵《かな》わない。

アイポンのアプリが七八割削除され、電池も半分以下にまで下がった。

「アナタノチンチンオオスギル。ワタシガバランスヨクサセルネ」

直子マイケルは頭目鼻耳口胴手足性器、パーツごとにバラバラになってわたしに襲いかかると、レザースカートの中に潜りこんで、十本のペニスそれぞれに噛みつき始めた。

「ワタシイビツナノダイキライ。オンナニチンチンアルノヘン。ワタシソレナオス」

直子の唇は私の唇。だからなのか、日本語が如何に下手であろうと彼女の声はわたしに瓜二つだった。わたしの唇がわたしの性器に吸いつきながらこうのたまう。

「ユウコオマエイイカゲンシネ。シネシネシネシネシネシネシネ」

わたしはぼんやりした頭で残った武器アプリをチェックしながら、ふと、カメラロールに入っていた隠しフォルダに目を奪われる。そこにはわたしの寝顔が映し出されていた。

いつ、誰が撮ったのだろう。パラノ先生の仕業だろうか。赤黒いジェリーの透けたウォーターベッドで眠るすっぴんのわたしは少しも可愛くないし、ヨダレも垂れてるし最悪だったけど、なんだか悪くない写真だと思った。

「パパ」わたしは誰かを優しく呼んだ。

バカだな、全部コメディじゃんか。

「パパ、わたし」

そう、キミたちは人形！　ボクたち人類のおにんぎょさん！

「パパ、わたし、」


死にたい。

死にたい。自撮したい。わたしはアプリを切り替えると、アイポンをミラーモードに設定し、いつものピースサイン&困り顔のチョーかわいい自撮を撮るためにピントを合わせた。ピース、カシャ。そしてシャッター音のあと、併用されたピストルアプリがわたしの唇から後頭部を貫通し、顔面に野球ボール大の穴をあける。死にたい。自撮したい。授乳中だった赤ん坊が腹を満たしたように、吸いついていた直子マイケルの唇がわたしのペニスからゆっくりと離れるのが分かった。直子の唇は慎ましやかに微笑み、やがて小刻みに震え始める。歯をカチカチ鳴らしシニタクナイシニタ

クナイシニタクナイと漏らしながら、一時停止した後、スプーンで潰した苺みたいに爆裂する。それを合図にわたしは怒張し、千切れかかった十本のペニスから一斉に射精する。ネットの文字群の真上から一息でほとばしった。同時に虹色のオリモノとともに赤黒い経血も噴出してドームの内外を紅白の飛沫で満たす。喪われた自らのペニスを探しながら逃げ惑う七十二億のオタたち。幽霊たち。死にたい。自撮したい。シニタクナイシニタクナイシニタクナイ。直子マイケルの叫びは唇を喪った今誰にも届けられない。シニタクナイシニタクナイシニタクナイ。唇はヘルペスに冒され小さな仁丹《じんたん》状の痛みを拵《こしら》えては少女たちの鋭い爪で潰される。その叫びは人形のものか人間のものか。少女のものか老婆のものか。死にたい死にたい死にたい。わたしは爪で、カッターナイフで、カミソリで自らの手足を切り刻む。それを逐一中世ヨーロッパレベルのアプリ『写るんです、か？』で撮影し、レタッチされた自撮と交互にタイムラインにアップしていく。ぶぶたんのピンクの脳漿。とっちらかった妹属性。死にたくないですう。飛散する千切れたツインテールは舞舞子のものか、アニメキャラのものか。ユウコオマエイイカゲンシネ。シネシネシネシネシネシネシネシネ。この呪いは直子マイケルのものか。パラノ先生のものか。パラノ助蔵。パパ。パパ、パラノ助蔵。パパ。パパラッチ林林の死体は明日の朝東京湾にでも浮かんでいろ。そしてお前。パパ、パラノ助蔵の左半身はわたしのペニスのためヴァギナのために肉棒と肛門を提供せよ。五次元パネル直子マイケル444憂子44444444444444444と遥か上回り文字盤は液晶をぶち抜いて客席に巨大な4を残し、ぶちまけられた真っ赤なインクで死を遺す。切除された数億のペニスはわたしのものかオタたちのものか。おお、七十二億にも及ぶオタたちよ、幽霊たちよ、R.I.P. 自撮者たちよ、R.I.

P. ＪＳＴの元センター、わたし憂子は本日をもちまして、ＪＳＴ４４４を卒業します。憂子、いいかげん死ね！　憂子ざまあｗｗｗｗｗ　わたしは二個の金玉をえぐり出し片方を赤白に糊塗《こと》された客席へと投げつける。もう片方をタイムラインへと投げつける。金玉は爆散飛翔し、宇宙の彼方にぶら下がったクス玉の根元へと、直子マイケルの子宮へと強行突破していった。ウマレテヤルウマレテヤルウマレテヤル。シニタクナイシニタクナイシニタクナイ。少女たちの復讐心がかち合った直子マイケルの体は子宮からベロンと裏返り、殺せと生きろに蝕《むしば》まれ千切れては縫い合わされ、千切れては縫い合わされを繰り返す。やがて顔面も骨格もどんどんと整《カスタマイズ》形され、わたしの目に似ては自爆し、耳に似ては自爆しを繰り返す。ステージでは女児たちが福笑いのように互いの顔をカッターナイフで切りつけ合って貼り合わせ、やっつけな整《カスタマイズ》形を試みている。わたしの顔を模してはお互いに斬りつけ合う、斬りつけ合っては縫い合わされる。もはやこれは自撮なのか他撮なのか。わたしなのかあなたなのか。死にたい。自撮したい。他撮したい。死にたい。パパ。パラノ先生。女の子だもん。恋もしたいしキスもしたい。お金も欲しいしセックスだってしたい。あと死にたい。いつのことだったか、わたしがまだ生まれる前のことか、憂子が憂子たちだった頃の話か、誰もいない公衆トイレ、薄汚れた洗面台の前で自撮すると、少女は小さな死をあなたの前に差し出した。粗い画質の遺影は誰にも知られず人知れず、僕のカメラロールの隠しフォルダに保存されている。というわけで、僕、あなた、わたし憂子が、最後に一曲歌います。聴いて下さい。『自撮者たち』。

台　諷

あの娘のスカートひるがえして
レコードを裏返して
秋がやってくる
火照《ほて》ったからだは冷えたかい
砂浜の甘い匂い洗い流したかい
下着の内がわ土砂降りで
泥水に手を押し込んで
ダイアモンドのかけらを探す
指先にちいさくこまかい傷

レコードの表面にも見られた
あの娘のめくれた袖のなかにも
ひしゃげたガードレールにも見られた
しかし、汗とは何だったのか
血とは誰のものだったか
ぜんぶぜんぶ窮屈なハコに押し込められ
時代と間接キスしてしまった
いま行きたかった夏は過去形
旅の計画過去完了形
汚したシーツは過去進行形
有形無形とどめない
異邦人の真似事は（暑かったから etc……）
桃が熟れてからにしてくれないか
ガーゼの内がわ戦争で
ベーゼの外がわ夜だとしても

窓ガラスを叩く爆撃雨が
あの娘の涙なんてまぎらして
火照ルの一室に
火をつけたとしても

僕は吸血鬼か

夕暮れ　君から届いた手紙が　暗闇に封された頃　僕は目覚める　夢の残り香を　コーヒー色の爆弾で吹き飛ばし　君が綴った文字に　したたかインクを零した　洗面台の前に立っても　青ざめた顔は鏡に映らず　僕は吸血鬼か　髭を剃るたびに血を流し練り粉で磨かれた牙は　誰かを求めている　君の首すじにスタンプされた　赤い消印唇にはキスできなかった　郵便的な距離があり　時間があった　唇に辿り着く前にきっと牙を剝いてしまうだろう　僕は吸血鬼か　君の血を求めている　君が月一で流す血は　僕を遠ざけた　僕に十字架を見せつけ　処女懐胎の可能性を示唆した　言葉を宿す母など決していないのに　交わされる言葉に　血が滲んでいれば良かったのに夜道　かつてデートコースだった舗道で　僕は君を追いかける　喉から血の吹き出す

ほど　君は叫び声をあげる　僕が吸血鬼だったから　君が血を宿していたから　言葉がいらないなんて嘘だ　言葉は人間のものじゃなく　吸血鬼にこそ必要です　大蒜《にんにく》臭い息が　キスを遠ざけたとしても　涙を煮詰めた血の匂いは消せない　僕の手紙に君が　赤入れし続ける限り　君の血は僕の言葉に混ざり　新種のエイズ感染した　深夜月の光に翳《かざ》して　記号表をちらちら見ながら　君は　僕との　恋愛を校正する　噛まれているのもかまわずに　首すじからレ点をレんぱつし　僕　の一文字をトル　アキを　誰か　の二文字で埋めて　涙で枕を濡らした翌夜　君も吸血鬼になった　僕ではない　誰かの

男は僕は俺は

男に肉体はいらない
言葉しかいらない
影になってしまえばいい
インクの染みのような

君に踏まれるための僕は
時に俺となり
雨の日に縛られ　意味に灼かれ
涙の代わりに白いものを

赤くない　白いものを流した

男は血を流さない
血に物語が見出されたとき
それは既に血ではない
歴史になってしまうだろう

赤鉛筆で塗り潰された
領土図のような手足が忌々しい
鉄兜を被った自慰識が憎い
君に立ち入る憲兵たちを殺したい
それが僕自身であろうと
みずから拳を叩きつけて
地図に印される前に
機能不全にしてしまいたい

君に踏みつけられるための僕だ
チューインガムの一人称は
時に俺なのだ
あなたはわたしと名乗る
或いは自分の名前を
男は　肉体を持てない
僕と俺のあいだを行ったり来たりする
内在する暴力を
品定めするみたいに

Tのトランク

「命ある限り、我々は常に旅をしている。引きずるトランクに詰め込まれているのは、自分のバラバラ死体に他ならない」

松永天馬（1982-2013）

生きている限り旅行者なんだな
知らない言語　知らない感覚の地平
涙のさざなみが瞼《まぶた》の窓から聴こえてくる
自分の影が追いかけてくる限り
国際指名手配犯なんだな

視線のエアライン飛ばして
国外逃亡企てようか
肉体はまだまだ遠いから
自分で自分にさわれない
これが誰かを愛するための旅なら
自瀆《じとく》だけが定住者の特権か
自分で自分の棺を組み立てること
杭を打つように性器をいじるのは
もう懲《こ》り懲《ご》りなんだ　トランク！
生きている限り旅行者なんだろ　トランク！
詰め込んでくれ　お前自身を
バラバラ死体にして押し込んでくれ
誰かの股ぐらに押し込みたかった　お前自身を
（パスポートに挟まれた避妊具）
お前自身を運ぶんだ　トランク！

重い荷物をほどけるときは
墓場にチェックインするときだよ
ホテルマンの天使たちに言ってくれ
明日の朝は起こさないでくれと

チェックアウトの時間だよ　トランク！
地下室のメロディみたいな
涙の潮が　聴こえないか
或いは、旅人を急《せ》き立てる
杭を打つような　鼓動が

君について

墜落した飛行機の破片も
自爆したテロリストの千切れたショールも
言葉になり損ねた
沈黙は重く
愛は決して口を割らない
イスラーム過激派の
上唇を切りとる儀式に
参加させられたジャーナリスト
歯を見せて笑った

僕は笑えない
小雨が数日つづいている
放射能は見えない
吹きっさらしのポストになって
手紙を待ちうけたまま
夜とも昼ともなく
本を読んでいる
ベランダから倒れかかる
都会という書物を
いまは抱きしめることも
できないくせに
小さな音で　音楽をかけて
コーヒーをこぼし
一行書けた言葉は
君について

愛は決して口を割らない
嘘になるのを　畏《おそ》れて

神

神待ち

「ちょっと、変なものが入ってるんだけど」

カントクはフロアを二十五センチのヒールで動き回るウェイトレスを呼びとめた。

「なんだよこの、ラーメンに入ってるやつ」

「麺デスネ」生体サイボーグ製のウェイトレスは、途上国から来た出稼ぎの女の子さながらにカタコトで話す。

「違うよ、これだよこれ。よく見ろよ」カントクは割り箸でドンブリをひっかき回し、ピンク色の異物を見せつける。「なんだよこれは。まさかソーセージだなんて言うつもりじゃないだろうな」

「指デスネ」

「そんなことは分かってるよ。なんで指が入ってるんだよ指が。どうなってるんだこの店は」

「申シ訳アリマセン。スグニ別ノモノニ替エサセマス」

「俺の言ってんのはそういうことじゃないの！」カントクはフロアに響き渡る声で怒鳴り散らす。

少女の叫び声を収録時間いっぱいにおさめた西暦三三年最大のヒット作『磔刑《たっけい》0033～愛、叫んでいますか～』が大音響で鳴り響いていた店内は静まり返り、レコードの中に焼きつけられた少女たちの絶叫も、輪姦事後のようにすすり泣きへと変わるのだった。

「ゴキブリとか金属片とかならともかくさあ、ありえないだろ、人の指が入ってるとか！　どういう経緯で入るんだこんなもん」

「最近、女ノ子ノ間デ流行《ハヤ》ッテルンデスヨ」

「はあ？」カントクの卵型のサングラスがずり落ち、見えないものを見たくてしょうがない少年のようなつぶらな瞳が覗いた。

「近頃、気ニナル人ニ食ベサセル料理ニ自分ノ指ヲ入レルノガ流行ッテルンデス」

「は、はあ？」カントクの唇がいやらしく弛緩《しかん》し、まんざらでもなさそうな笑みを作った。しかしその造型は瞳の純粋さと相反するように老醜きわまりない。

「ココデ働クウェイトレスノ中ニ、オ客様ノコトガ気ニナッテイル娘ガイルノカモ……」

「そ、そうなの？」

「ハイ。シカモコレ、恐ラク薬指デスネ。根元カラズバットイッテマス。薬指ガ入ッテルッテコトハ、彼女、結婚モ視野ニ入レテマスヨ」

「ぎゃ、逆プロポーズか……悪くないな」

「チナミニ別レタイ時ハ小指ヲ入レルト効果テキメンラシイデス。極道ノ世界カラ伝ワッタ、ＪＫノ知恵ダソウデス」

「その娘、このフロアにいるのか。ど、どの娘だろう」

「ワカリマセン。ヒョットシテ製麺工場ノ工員ノ女ノ子ガマダ見ヌフィアンセニ向ケテ仕込ンダモノカモ……」

「仕込む、か……。淫靡《いんび》な響きだね」

カントクは自分が口にした言葉を舐め回すように舌の先をペチャペチャさせる。遂にはその指を口に含んでしゃぶり始めた。

「とにかく、食べ物への異物混入はあってはならない事態ではあるけどね！　バレンタインチョコに経血を入れたり、クリスマスのクッキーに精液を入れたり、全くもってファナティックだと言うほかない！」

「お客様、どうされましたか」機械じかけのウェイトレスの背後に、支配人とおぼしき初老の男がやって来た。長く伸ばした弁髪を、女学生のような緋色のリボンで結んでいる。「うちのアルバイトが何か失礼なことをしてしまったようで」

「ん？　いやね、頼んだラーメンにこれが入ってたから、ちょっと教えてあげてたんだよ」

カントクはわざわざ口に含んでいたそれを、ペッと吐き出して見せる。

「ゆ、指？　どうしてそんなものが！　誠に誠に申し訳ございません」申シ訳ゴザイマセン、とサイボーグも続ける。頭を下げるついでに煽情的にわざとらしく胸を揺らした。はち切れそうなシリコン製のクッション。憂鬱からくる男たちの自殺を食い止めるエアバッグにもなるのだろう。人形のくせによく出来てるな～って思う。

「いや、まあいいよ。恋が一つ、始まったみたいだからね」

カントクはお得意のロマンチシズムで、どうでもいい出来事を無理やり飾り立てようとした。百円ショップで買った造花を言葉の端々に括りつけて回る。

「恋、それは或る種の異物混入だよ。日常に非日常が混入する。ハートに天使の矢が混入する。最終的には、男に女が混入する。或いは、女に男が……。相手が自分の世界に異物として混入してくる。素晴らしーじゃないか」

「？　はい、おっしゃる通りで」

支配人はどうやらカントクが怒っていないと分かると、意味不明なこと言ってるな～このオッサン、適当に流しとこ、という感じで相槌を打つ。

「異物混入、ひじょーに素晴らしーですね。女性の【内的要因】に男性の【外的要因】が混入した結果、恋する二人の間に子供が混入されるわけですね」

「はあ？」カントクはオタク風にクイッと持ち上げたサングラスを再びずり落としながら少年の瞳を覗かせた。しかし今度の「はあ？」は虫の居所を悪くした「はあ？」らしかった。

「子供が混入されることは許さん！　断じて許さん」そして誰も聞いてもいないのに、俺はパイプカット済だ！　と絶叫する。「二人の間を引き裂くのはどう考えても子供だ！　俺には経験則からそれが分かる！」

「は、はあ、ごもっともです」

「それと、この指の持ち主を今すぐ連れて来い！」と言って割り箸ごと投げつけられた薬指は思いのほか小さく、ひょっとして小指かもな、とわたしは思った。支配人は床に落ちた指をちょうど手にしていたケーキサーバーで拾い、透明なクロッシュにおさめた。ちょっとしたスイーツのように。

「カントク、今の」

「ああ、パイプカットのことか」

「そうじゃなくて、指」

「ああ、彼女のことか」カントクはもう指の持ち主の彼氏ヅラだ。いい加減にして欲しい。

「小指だったかもしれない」

「な、何だと」必要以上に慌てふためくカントク。「いづみ、冗談は許さんぞ」

「だって、薬指にしては小さすぎるもの」

「俺の彼女はきっと手が小さいんだ、あと顔は手に輪をかけて小さい！　モデルみたいにオムスビ大だ！」

「そんなのはどうでもいいのと、伏せたほうがいいかも」

「なに？」

わたしはすぐさま鉄パイプで出来たテーブルの脚を摑んでしゃがみこんだ。シンサイ以降、学生時代に何度もやったヒナンクンレンの賜物《たまもの》だ。

映画的な一瞬の沈黙の後、視界の一部が閃光に覆われ、爆発音が響き渡る。炎のあがった方角から、肉片やガラス片や花吹雪、千切れた三つ編みが飛んできてカントクの顔に当たる。ぎゃっと叫ぶカントク。破裂したのは先ほどの支配人だ。

（どういうことだ）カントクは轟音に声を搔き消されながらも、字幕を使って問いかけた。

（さっきの小指、爆発するようになってたみたい）こっちも字幕で応じる。

（なんだって！）

（さっき聞いてたでしょ、別れの挨拶代わりに小指をプレゼントするって。そこに小型の爆弾が仕掛けられてることもよくあるの。指環なんかにしてね）

（さすがリアルＪＫ、詳しいね。って何でさっき教えてくれなかったんだ！）

（さっきは薬指だって言ってたから）

「ということは」

轟音が止み、再び店内に少女のすすり泣きが戻って来た。録音じゃなくてリアルタイムの泣き声も少なからず混じっている。怪我人も出たかもしれない。

「俺に対して、誰かが別れの一発をお見舞いしに来たってわけか」

「そうみたい。何したの？」

「う〜ん、身に覚えがアリすぎるからなあ」カントクは不必要に満更でもない顔をする。「アニータかな？　ルーシーかな？　それともオシンかな？」

「とにかく、わたしたちがここにいることも、あっちは嗅ぎつけてるってわけね」

「そのようだな。さっき店の名をタグ付けしたのが良くなかったかもな」そう言ってこの隠れ家レストラン〈第七官界〉のページが写ったＳＮＳの画面を見せつける。なにしてくれるのだ。

「今日の話し合いは、誰にも内緒にするって言ったのに」

「火のない所に煙は立たない」カントクは言った。全然ウマくない。「美少女を連れて歩くなら、知られないよりは知られたい、それが人情ってやつだろう」

「全然意味が分からないし、迷惑すぎるんだけど」

「タグ付けされたくなければ、ブロックすればいい。そもそもスマホを見なけりゃいい」

全く勝手なことを言う。若い女の子にスマホを見るななんて、死ねって言ってるようなものだ。

「カントクはわたしに死ねって言うのね」

「まるで逆だよ。生きろと言っている。承認欲求ばかりしてないで、きちんと地に足ついた現実で」

「何が現実だか」

わたしはカメラ目線で、テレビの前の皆さんに流し目をくれてやる。今この瞬間だって、店の監視カメラが四六時中わたしの一挙一動を記録してるに決まってる。そうでなくてもレストランにいる他の客たちが、わたしを盗撮してるかもしれないのだ。わたしの可愛さに目を奪われて勝手に憧れたり嫉妬したりしている。くだらない。

「ネットのほうが人の感情が目に見える分、よっぽど現実かもしれないよ。隠されていた本性が露わにされる。自分の心に飼ってた怪物が姿をあらわすの」ピストルの弾をデコったネイルでテーブルをカチカチ鳴らしてみる。

「君が飼ってるのは怪物じゃなくてうさぎちゃんだろう」

「なめないで。化粧したらわっつらだけを見てる」

「化粧したらわっつらも、すっぴんも愛して欲しいというのは日本人女性特有の価値観だろうな。

隣の国やアメリカだったら整形して根本から変えたがるけど、君たちは一線を越えた相手や見知った相手にだけ、もったいぶって化粧を落とした素顔を見せたり『すっぴん』って題した写真をアップしたりする。そうだろう」

テーブルを幾つか隔てた先ではスマホのシャッター音が炸裂している。たったいま起こった爆発事故を記録するため、店の誰もが戦場カメラマンになりきっているのだろう。そして死のタグを付けるのだ。

「まあコスモポリタンで第二外国語はエスペラント、在日世界人の僕からしたらゴーマンだよ。どんだけ理解されたいのかと。僕は化粧したいづみしか見たくないし、レタッチされたいづみにしかタッチしたくないよ」

「レタッチされたわたしにはタッチできないよ。実在しないから」

わたしは玉虫色の口紅を塗り直し、ミラーを一瞥《いちべつ》してからコンパクトに理想の自分を閉じ込める。

「だからこそ憧れたいんだよ。だからこそ僕は映画を作る！　神様のヴィジョンを明確にするために！」


そもそも神様が悪いのだ。神様が世界のいたるところに監視カメラを設置したのが悪い。神様はわたしたち人類の文明を流用して、わたしたちの行動を逐一記録した。誰にも見せない日記だって、神様には盗み見されている。告解部屋で話した会話だって盗聴されているのだ。神様はいつも見ていて下さる。わたしたちは生まれたその瞬間から、神様に見つめられている。ご飯を食べているときも、セックスするときも、ダイニングやベッドルームの暗闇に隠された天国直結の監視カメラが作動しているのだ。

「僕の夢は、最高に泣ける映画を撮ることだ」

最初に会ったとき、カントクはサングラスの向こうで目を☆印に輝かせながら言ってのけた。

「泣ける映画こそ素晴らしい。いや、泣ける映画じゃないと映画じゃない。ジョークは笑いというかたちで可視化されるし、うまいメシを食ったらヨダレが出てくる。アスリートは数値だけが総てだ。なのに映画だけ神妙な顔で評価されるのはおかしい。俗に言われる名画のほとんどはよく分からん余韻だけ残して、全くもって泣けない出来だ。評価は可視化、数値化されないと。僕がアカデミー協会員だったら、観客が流した涙の一滴一滴をスポイトで採取し、一番総量の多かった作品をグランプリとしたい」

カントクは神様とのパイプを持っているという。

「神様はね、これまでの人類の歴史、これからの人類の歴史を、すべて記録しているそうだ。俗にいうアカシックレコードというやつだね。僕は裏ルートで彼からその記録データを受け取った。これだけどね」そう言って、脳みそや心臓、臓器のモノグラムがプリントされたセカンドバッグから赤錆びたハードディスクを取り出す。鈍器のように重そうで分厚い、むか〜しのＨＤだ。聖書か百科事典のようにも見える。「ここに人類がこれまで行為してきた、ありとあらゆるシーンが記録されている。もちろん君の着がえや排泄《はいせつ》シーンも入ってるよ」

僕は神様の盗撮してきたこのフィルムを二時間弱に編集し、劇場用映画として公開しようと思う。大殺戮後の戦場や絶滅危惧種指定された鳥の産卵シーンなどを切り貼りし、史上最高に泣ける映画を作る。そのために、君の力が必要だ。僕の映画の主演女優になってくれないか。サングラスの向こうの双子星が、まばたきを合図に嘘くさくビッグバンした。

「ちょっと待って」次第に店内に立ちこめる硝煙を気にかけながら、わたしは返す。「まず聞きたいんだけど、わたしを盗撮したってこと?」

「違う、盗撮したのは僕じゃなくて神様だ」ラーメンドンブリがちゃぷんと音を立て、再び事故現場から飛んで来たものを受け止める。爆発に巻き込まれた誰かの千切れた耳たぶだ。「もっとも、僕は神様からこのHDを受け取った最初の人類になるだろうが」カントクは焦げついた耳たぶとともに伸びきった麵を人差し指でかき混ぜてみせる。空と海とを攪拌《かくはん》するように。耳たぶについていた大きな真珠のピアスがスープの油でキラリと光る。「俺は天地創造し直す。もうこの世界はダメだ」そういって黒焦げの耳を掬《すく》ってみせる。傷口に虹のリボンがかかった。

確かに世の中はいま、よく分からない不安でいっぱいだ。渋谷駅前の広場には「地球滅亡まであと一八五日!」なんて書かれた電光掲示板がオリンピックやワールドカップよろしくカウントダウンを刻んでいるし、深夜のニュース終わりに天気予報とともに報告される一日の総自殺者数は日増しに上がっている。一万年に一人の美少女とか言われて絶大な人気を誇っていたアイドルは妊娠堕胎して引退するし、その卒業公演ではファンの自爆テロによって多数の死傷者が出た。みんなは不安でいっぱいだ。それを経済的な問題とか政治上の問題で片付ける大人たちもいるけど、わたしからすればよく分からない。あくまで時代的な気分で言えば、みんな神様の思《おぼ》し召しに「いいね！」したりシェアするのに飽きたんだと思う。ネットに毎日をポストし続けることに飽き飽きしたのだ。そして日常自体にも。

「わたしのプライベートなシーンはカットしてよ。もうリベンジポルノは懲《こ》り懲《ご》りなんだから」

「リベンジされたことがあるのか？」

つい頷いてしまいそうになり、思いとどまる。

「わたしじゃないけど……友達がね」

「ほう、興味があるな、映画的な意味で」ゴシップ以外何の興味も無さそうなニヤつきで、カントクは尋ねた。無精髭が汚い。「詳しく聞いておこう」胸の内ポケットに手をやる。早速ＩＣレコーダーを起動させたのかもしれない。まあいい、どうせ全部神様の隠しマイクにあまねくおさめられるのだ。

「その友達もね、神様に会ったことがあるらしいんだ」

「ほう……こっちの業界の子？」

「まあ、憧れてたという意味では、そうね。出会ったのは、掲示板でらしいけど」

「〈神待ち掲示板〉か」

〈神待ち掲示板〉には今日も神様と連絡をとろうと、女の子たちの書きこみが絶えない。ピンクのハートや傷だらけの絵文字で祈りを綴る彼女たちのほとんどは身寄りもなく、眠る場所や食べ物、少しのお金を求めて神様に縋《すが》るのだ。

「家出少女だったのか」

「うん、厳しい門限とか度を過ぎた干渉とかね、お父さんの監視が嫌で家を出たんだけど、結局何処にも行くあてがなかったみたい」

「なるほど」カントクは頭のなかでプロットを組み立てる。「父親からは性的虐待を受けていた、とかだったらより興行いくかもな」

わたしはそれには答えず続ける。

「神様は、その子に『自分は映画を作っている』と言ったの。それで、その子のプロフとプリを見て『君なら僕の映画に出してあげられる』って」

「どっかで聞いた話だな。もっとも」カントクは頭のなかでプロットを時系列順に並べ直す。「この国は一神教の国じゃない。多神教と言うのかアニミズムっつーのか、要するに神は至る所にいる。街頭ヴィジョンの中にだって、吊り広告の一行にだって、原発の建屋の中やグループアイドルの水着の内側にだってそれはある。だからまがいものみたいな自称神様は腐るほどいるだろうな」

「その一人だと思う。だけど神様は神様、結局、偽物も本物もないでしょ?」わたしは監視カメラの向こう側を意識しながら、カントクの背後に控えた暗闇に目をやる。

その子は神様と、深夜のファミレスで待ち合わせたの。冬の街はイルミネーションで飾られ、天使たちは大きな小さなビルの屋根にのぼって、彼女のことを気遣っていた。寒かったけど、雪はぎりぎり降らないところでこらえていて、降っても雨に変わってしまうの。

「映画の冒頭シーンにぴったりだ。クリスマス映画かな。あと、始まって五分以内に建物が爆発したらもっといい」カントクはアプリを起動させ、4Dプリンターで当時の様子を具現化してみせた。生体サイボーグのウェイトレスたちはカメラが回っていることを思い出しあたふたしたが、とりあえず音楽が流れて来たので銀の盆を振り回しながら何となく踊った。どうやらミュージカルの様相を呈してきたらしい。

神様になったつもりで、カントクが言う。

「映画はもう始まっている。だとしたら、君の最初のセリフはどうする？」

「クソくらえ、かな」わたしは吐き捨てる。

（クソくらえ）

「いいね〜。吹き替えによっては、最初からピー音が入るね」

「だってわたし、大事にされてない気がするもの、カントクに」

「何故？」

「こうやって呼びつけておいて、他の子にもおんなじことしてる。結局他の子も主演の候補にしてたんじゃないかなって」

「主演は何人いたって構わないじゃないか。神様だって何人いたっていいし！」

「ちょっと待って」わたしはエナメルバッグからドクロのポーチを取り出し、ドクロの頭を引っ掻き回して目薬を取り出し、一滴、二滴、三四五滴目元に垂らした。で、なるべく声を震わせて言ってみる。

（わたしの映画なの！　わたしだけの映画なの！）そして小声で「どう？」

「う〜ん、まあ、及第点」カントクは小声で言い、低く声をつくって（この映画は君だけのものじゃない。神様の映画は、人類みんなのものだ！）

「オトリコミノトコロ失礼シマス」さっきのウェイトレスがエキストラとして再登板する。

「指ノ持チ主ガ見ツカリマシタ」

スカーフも襟もスカートも真っ白なセーラー服を着た少女たちが、片手をもう片方の手で押さえながら整列する。先の爆発でレストランの壁の一部は倒壊し、書割のような鉄骨と、ブルーバックみたいに嘘くさく平坦な青空なんかが見えていた。

「ごめんなさい」

前髪を切り揃え髪を肩まで伸ばした量産型少女たちは、声を揃えて言う。

「うちらが指を混入させました。許して下さい」

プリクラ機の自動補整で歪められた少女たちの両目は不自然に大きく、顎は逆三角形に削られ、脚は極端に細い。よくよく見ると顔の周りにはハートやら音符やら「ＬＯＶＥ」「いつめん」なんて文字も浮かんでいる。

「ちょっと待て」カントクはサングラスの奥で目を細める。「僕のラーメンに入ってた指は一本だ。こんな、何人分もじゃない」

「うちらのうちは、ＨＯＭＥの家《うち》です」

一人が一歩前に出て、朗読劇のように淀みなく語りかける。

「うちらはＨＯＭＥに集う家族です。シェアハウスといってもいいかもしれません。そこは常に神様のカメラによって監視され、うちらの行動が全国に逐一オンエアされる神の家です。神様が管理人を務める海の近くのシェアハウスです。神のＨＯＭＥに集ううちらいつめんは一であり全です。一人の指は、みんなの指です。うちらは誰かであり、誰でもあるんです。見て下さい」そう言って、左手を顔の前に掲げて見せる。薬指が根元から千切れ、傷口にはジャムとバターが塗りたくられている。

「うちらをカントクの映画に出させて下さい。お願いします」

「どーゆーこと」わたしはカントクを詰問する。「やっぱり他にも候補がいるんじゃない」

「これはまあ、大人の事情だ」カントクはディレクターズチェアに腰かけたまま、わたしのほうなんか見向きもしないで言う。「人類の長い歴史を二時間弱に編集するんだから、当然女の子たちも少しは選別しなくちゃ、神様に申し訳が立たないと思ってな」

「彼女タチハ」ウェイトレスが口を挟む。「〈神待チ掲示板〉ヲ見テ、ココニ集マッテ来タソウデス」

「どうせ掲示板で引っかかった女の子全員に、映画に出させてあげるとか言ってたんでしょ」わたしは悪態をつくが、カントクはそれには答えない。

「僕への……じゃない、神様への一途な思いを表明するために、みんなして薬指をカットしてきたわけか。いい度胸じゃないか。聞けば、その昔役作りのために足の指を切り取ってみせた俳優もいたっていうからな」

「左手の薬指を相手に捧げるのは」別の一人もやはり一歩前に出る。「結婚を視野に入れた行為です」

「君たちの決意の固さは分かった。だが」カントクは4Dプリンターを起動し、これから撮る映画のシーンをスライドしていく。レストランの壁が中世の城や、月面や、戦場へと次々に切り替わる。

「主演女優はひとりだ。いづみも含めて。誰の薬指を受け取るか、それを今から選ぼうと思う」

「オーディションってことね」

「そうだ」液晶ガラスの上でカントクの指が止まる。ところどころ穴の開いていたレストランの壁が粉みじんに吹き飛んで、舞台はシンプルなビルの屋上となった。「ここは学校だ。君たちはまるまる一クラスの生徒たちだとしよう。〈神待ち掲示板〉だけじゃなく鍵垢付きのSNSなんかもあって、クラスメイト同士の仲はひどく険悪だ。いいかな?」

「学園モノか」嫌だな、とは言えない。学校になじめなくてそこから飛び出してきたわたしだけど、結局芸能界という場所を見つけたとしても学生の役しか回ってこないのだ。わたしがどんなにわたし自身として振る舞おうと、世間は少女というレッテルを貼ってしか見ない。そしてわたしもそれを、掲示板なんかで大いに利用している。

「うちらは仲良しです。友だちを排除したりなんかはしません」いつめんの一人が言う。

クラスでわたしをハブにしていたやつの顔に何処となく似ているそいつを、わたしは睨みつけてみせる。

「嘘つき。ほんとは裏で叩かれないか、心配でしょうがないくせに」

「そんなことありません」生気のない補整された目でわたしに向き直る。軽く微笑むと唇が生傷のようにめくれ、矯正器具と尖った小さな歯が見えた。「うちらは一であり全です」

「まあまあ、ケンカはネット上だけでしてくれ」カントクは神様から受け取ったＨＤをコンピュータに繋ぎ、台本をチェックしながら言う。

「よし、今からオーディションの内容を説明する」

人類の歴史、それは一言でいえば、神とのコミュニケーションの歴史だ。あらゆる場所に監視カメラが仕掛けられ、全ての発言は盗聴され、引き出しに鍵をかけて隠した秘密は窃視《せっし》されてしまうこの世の中。神様は一方的に我々を監視するが、自分ではほとんど姿を現しちゃくれない。ジャンヌ・ダルクやナイチンゲールなんか、啓示を受けた人間は何人かいるがね、いつもあっちは気まぐれだ。そして残念ながら、神様からもらったＨＤにそのシーン……少女たちが啓示を受ける瞬間は含まれていなかった。ヒロインたちは、壁の十字架や窓の外の嵐に向かって独白を続けていただけだ。神様は我々との接触をとことん拒む。

「カントクは神様と会ったんでしょ。だったらいつでも連絡をとれるんじゃないの」

「まあな。だけど最近は、電話しても出てくれない。今日はオーディションの日だって事前に説明したのにな」

人類の歴史を映画化するとしたら、そのクライマックスには神様と少女とのダイアローグを収めたい。今からそのシーンを演じてもらうというわけだ。ついでにもう、カメラを回してしまってもいい。作り込んだ演技より、素人のお遊びが好まれる時代だしな。

「台詞はあるのですか」量産型の少女の一人が手を上げて問いかける。

「台詞はアドリブだが、やることは一つだ」カントクはブルーバックを指差してみせる。

君たちには今から、この屋上から飛び降りてもらいたい。君たちが演じるのは、クラスになじめなかった一人の少女の物語だ。少女はクラスにも家庭にもなじめず、〈神待ち掲示板〉では悪い男に騙され、失意のどん底で屋上から飛び降りる。

君たちは社会に混入した異物だ。異物は排除される。傷口にめりこんだピストルの弾を取り除くように、それは社会にとって当たり前のことなんだ。

「ピストルノ弾ヲ無理ニ取リ出ソウトシタラ、逆ニ傷ガ広ガルコトモアリマスネ」

子どもの頃に祖国の内戦を体験してきた出稼ぎのウェイトレスは、内腿にある隠れミッキーのような銃創をチラ見せしながら経験談を語る。

そう、その傷が広がる瞬間にこそドラマがあり、神が宿るんだ。神は少女を放ってはおかないだろう。彼女が飛び降りようとする瞬間、世界の傷口が開き、神が現れる。神様はきっと彼女を助けに来てくれる筈だ。

「そのシーンをクライマックスにしたいって訳ね」

「ああ、死を決意した少女が神様と出会って思いとどまる。或いは奇跡が起こって救済される。なかなか泣ける筋書きだろう?」

「ありきたりだけどね」

「ありきたりで陳腐なほうがいいんだ。人は、自分の理解できないものでは泣けない。欲しいのは驚きよりも共感だよ」

あなたには共感できないけどね、とネット上でつぶやいてみる。もちろん鍵垢で。

ピアノ線で吊られた天使たちが、屋上にゆっくりと降りてくる。彼らは映画のスタッフとして、小さな羽根を散らしながらかいがいしく動き回る。助監督の天使が、もう何×回と収めたか分からないシーンのナンバーをカチンコに書きつける。拍子木部分はカラーバーの七色に塗られ、オンエア終了後の世界を暗示していた。

「さあ、誰からでもいい。飛んでみたい子はいるか」

「はい、エントリーナンバー666、ミカです」少女の一人が名乗りをあげた。

「よし、ミカちゃん、学校では何て呼ばれてるの」

「ミカエルです」

「大天使みたいなあだ名だね。きっとうまく飛べるだろう」

既にカメラは回っていた。カントクの横にある五万ミリの超大型レンズの一台を始めとして、空を飛びから幾千ものドローンカメラ、候補者のスカートの中を覗くペンシルカメラに至るまで、ミカエルの動きは神様に凝視されていた。とはいえきっかけが必要なので、カントクは指で天使にゴーサインを出してみせる。

よーい（本番よーい）スタート、アクション。

カチンコの音を合図に、彼女は冷たい鉄の柵に手をかけ、足をのせた。

カット！（カン）

カントクは、彼女に靴を脱ぐように指示をする。裸足のほうが切実さが増すからね。少女はマーブル模様の泥で汚れたローファーを給水管の隣に揃えて、再び空を見上げる。

よーい（本番よーい）スタート、アクション。

彼女は深呼吸し、家族や友人たちの顔を思い浮かべる。さよならママ、さよならパパ、泣いてくれたクラスメイト、いや、ほんとは違う。怒ってるママ、いつもぶつパパ、笑ってくれたクラスメイト、いつも上履きに画鋲を入れてくれてありがとう。いつも濡れた雑巾で顔を磨いてくれてありがとう。

カット！（カン）

それは違うとカントクは言う。それはただ残酷なだけだ。泣けない。映画館に来た家族連れは気まずいだろう。恋人たちはデートコースに選べない。もっとソフトに、確実に泣ける感じで飛んでくれ。確実に、感動させてくれ。

スタート、アクション。

鉄柵を乗り越えて、ミカエルが飛ぶ。天使たちがカメラを回す。少女はパラシュートのようにスカートを膨らませ、髪をゆるふわに広げながら落ちて行く。天国のお花畑へ上陸しようとするその一刹那《せつな》、合成していた背景が切り替わり、校庭の水飲み場近くで、鈍い音とともにはたかれた蝿のような小さな染みとなる。カントクが言った。

「残念。ミスキャストだ」

神様はまだ現れない。

神様はまだ現れない。或いは神様の巨大な指が少女の華奢《きゃしゃ》な身体を圧《お》し潰したのかもしれないが、いずれにせよ、待てども待てども神様は姿を見せなかった。ミカエルの後も、少女たちは行列を作り、立て続けに飛んだが、映画のシーンは一向《いっこう》に進まず、小さな音でかけられていたレコードは何度も裏返されなくてはならなかった。

「儀式みたいだね。大人になるためのイニシエーション、通過儀礼だ」

「死ぬことが儀式？」

「厳密に言えば、彼女たちは死んじゃいないよ。神様の目に入るチャンスを失う、神様に見放されるだけだ」

ふぁあああドン、ふぁあああドン、ふぁあああドン、6秒動画サイトに投稿された少女たちの飛び降りの瞬間をダンスミュージックのように連続再生しながら、カントクは吐き捨てる。

「どいつもこいつもミスキャストだ。ヒロインになる素質がない」

「ヒロインの素質ってなに」

「消費されない強度といったところだろう。見てみろ、みんな飛び降りる一瞬は注目を集めるが、落下したら三面記事の小さな文字にでもなって、すぐに忘れられる」校庭を巨大な新聞紙に見立てながらカントクが言う。少女たちの血はインクの染みとなってパルプ紙の上に「つぶやき」にも似た数文字を遺す。そしてすぐに畳まれ縛られ廃品回収に回される。

「少女は死なず、ただ消費される」

「だよ。少女は死なない。大人や子どもと違って少女という言葉には理想的な甘い響きがある。概念そのものだから、そもそも肉体と乖離《かいり》してるんだ。だから少女は肉体的に死ぬわけではない。少女と呼ばれ、消費され、やがて年をとったり時代が変わったりしてそう呼ばれなくなることで、社会的に抹殺されるだけだ。逆に言えば、消費されても消費し尽くされないだけの強度がないから死ぬ、ことだってある。もっとも消費されないだけの強度……これは自信や自尊心といった言葉に置き換えてもいいかもしれないが……があれば、そもそも屋上から飛ぼうなんて思わないだろうが」

「消費された自分に耐え切れず、命を絶つってこと」

「そうだよ。自分の少女『性』を売り物にして、価値を見出そうとするからそうなる。いや、違うな。彼女たち自身、自分でもその真価は分かっちゃいない。価値を自分以外の誰かに……消費者に委ねているから、見放されたらそういう目に遭う」

「或いは、神様に委ねている」

「そうだ」この国の神様は空気で出来ている。そして、空気を読めない者から空気のようなもの……透明にされる。カントクは空気を読んで、曖昧にごまかした。

「神様がいつも見ていて下さるはずじゃなかったの」

「そのはずなんだけどね」カントクは頬杖をついて、自分自身の思考を支える。「困った、このまだと撮影が終わらない……いづみは飛ばないのか」

「わたしが飛んでも、カントクはわたしのことを覚えていてくれるの？」

「消費期限が切れるまでは覚えているよ。週刊誌やネットが色々書きたてているあいだはずっと」

「そうじゃなくて、カントクの映画に焼きつけておいてくれるの？　カントクが個人的に覚えていてくれるかってこと」

「それは約束できない。尺の関係でカットせざるを得ないかもしれない。大体これは僕の映画じゃなくて、神様のものだからな。彼の判断によるんだよ」

「神様って都合がいいのね。ならいっそ、あなたがわたしの神様になってくれればいい」

「多神教の国だから、或いはそうなることも可能かもしれない」

「また人任せ。都合のいいときは誰かを拝んだりするのにね」

「天変地異が起こったときにこそ、本物の神様が姿を現すのかもしれないな」

わたしはカントクの横に立ち、傍にある重くて分厚いＨＤを手に取って、地面に叩きつける。ブツッとテレビが消えるような音がして、筐体《きょうたい》から火花が上がり、直後、轟音とともに足元がぐらついた。巨大な怪物がぶるっと武者震いしたみたいだった。視界にブロックノイズが入り、カコンカコンという歪《いびつ》な音が鈍色《にびいろ》の空から聴こえてくる。大気にディレイがかかり、教会の鐘のように響き渡る。

「何をする！」

「地震を起こしてみた。本物の神様が姿を現すと思って」

「せっかく譲り受けたってのに、どうしてくれるんだ」

「データは既にネットにばらまいたんでしょ、わたしの裸の写真なんかも」

「何の話だ」

「知ってるんだから。友達って言ってたのは、わたし自身だから」

わたしはひとりの少女であり幽霊だった。スマホをいじる指先ひとつで世界とぎりぎりつながっている、少女という名の幽霊だった。

「一回ネットにあがったものは消えない。だったらディスク本体が壊れようが、関係ないでしょ」

「しかし、オリジナルを喪うというのは手痛いぞ。ネットの海には好奇の目しかない。好奇の目に晒《さら》された情報は消費されてズタズタにレイプされ、誰の目に触れない場合も結局朽ちていく。何より消費によって生殺与奪が左右されるわけだから、自分の足で立って生きるということが出来ない」関係ない。そもそも幽霊のわたしに、足なんかない。

「わたしに出来るのは、飛ぶことだけだから」うちら、なんて言いたくない。家になんか帰りたくはない。もちろん、新たに所属するつもりも、作るつもりも、ない。

「じゃあきちんと、消費されてくれ。或いは消費されない証拠として、いまここで飛んで、神を呼んでみせてくれ」

「あなたがわたしの神様になってくれればいい」

わたしはポーチから小型銃を取り出し、カントクに向ける。透明プラスティックで出来た、おもちゃのピストルだ。

「どうせ小道具だろ。実弾は入ってないし、人は殺せない」

「弾はあとで合成するもの。編集の段階で」

「だったら君の映画じゃないか。僕の映画じゃない」

「わたしはあなたに混入した異物だから、あなたの映画の出来を左右する権利がある。女優の権利と言ってもいい」

女優の権利だって、笑わせる。カントクは唇をいやらしく弛緩させる。しかし目は笑っていない。飾られたフィギュアが震動で雪崩《なだ》れ落ちるように、コンクリートの筐体の上からポーズをとった少女たちが次々と飛び降りる。笑顔のままで、瞳孔に尖った涙を湛えながら、小さく果てては、ネット上に細かな傷を遺していく。少女の死は哀悼や罵倒とともにシェアされ、拡散と浸透を繰り返し、どんどん価値を弱めていく。

「あなたが神様だったら、わたしが飛ぼうとするのを引きとめてくれる」

「それは実際に飛んでみなくちゃ分からないな」

飛んでみなくちゃ分からない。そうやって今日もネットの向こう側で、誰かが誰かを自殺まで追い込むわけだ。

「あなたが泣ける映画のためにこのシーンを撮るというなら、わたしが死んだら、あなたは泣いてくれるはずだ」

「化粧したいづみのためなら、泣けると思うよ」

「ありがとう」

わたしはバンと言って、おもちゃのピストルの引き金をひいた。弾は入っていないから、カチッと乾いた音がしただけだ。だけど天国の編集室にいた天使たちは、未来のバラバラになったわたしから肉片をかき集めてきて、形よく残った左手の薬指を選《よ》り分ける。その指にはダイヤの粒で飾られた金色の指環が嵌《は》められている。そしてピストルに薬指を装塡すると、タイミングを合わせてカントクの顔めがけて発射する。

カメラがスローモーションに切り替わる。根元から千切れたわたしの薬指は、勢いに任せてカントクの分厚い唇をこじ開ける、舌を差し入れるように。何度かしたキスのように。そして千切れたネックレスから真珠がばら撒かれるみたいに、黄ばんだ歯を赤い滴とともに床に撒き散らしながら、口蓋《こうがい》を貫き、頭蓋骨の内側にとどまった。

サングラスを吹き飛ばされたカントクは、濁った目を見開いたまましわがれた声でつぶやく。思考の裏側では薬指が尖った爪を立てている。指環は小さく煌《きら》めいている。

「僕の映画なのに」

神様の映画でしょ、とわたしは言った。目、鼻、口、下半身、男は穴という穴からよだれとも汗ともつかない濁った液を流し始める。

「泣いてるの」

カントクは答えず、ただ自分の思考に混入された異物を受け止めていた。指環を、わたしからの求婚を受け止めていた。

「泣ける映画になったね」

わたしはカメラに向き直る。満を持して、屋上の柵を潜り、待ち望んでいた神様がすぐそばにいることを肌で感じる。

「もう、消費されないから」

わたしは飛んだ。飛び降りたのではない。夕暮れに向かって飛んだのだ。まっさかさまのまま、地面と空とが逆転する。ふやけた雲がプレゼントの包装紙を真似る。夕陽がゆっくり夜のリボンをほどいていく。その瞬間をフィルムみたいに眼に焼きつけながら、わたしはカメラの回らない場所まで落ちて行く。やがて固く真っ白なコンクリートの上で跳ね返り、フィルムのピースのようにバラバラになる。二時間弱の尺に収めるために、映写技師がフィルムをカットする。キスシーンをカットする。ポルノシーンをカットする。わたしの指をカットする。わたしは世界に入れない。入るものか。落下する太陽とは逆の方角に追いつめられた青い空をブルーバック代わりにして、ちぎれた小指があらゆる世界に合成される。小指はわたし自身となって、月面に浮かび、戦禍の空爆や騎士たちの鉄の矢を潜り抜け、緞帳《どんちょう》や銀幕を潜り抜け、カメラのレンズをぶち破り、お皿やナイフやフォークにぶつかりそうになりながら厨房の騒乱をつんざき、これから神様が口にするであろう、湯気の立ったラーメンのドンブリにポチャンと泡をたてて沈む。小さな吐息を泡にして、まだ見ぬ別れを決意しながら。

夢精映画

しかし
僕らは映画だったので
スクリーンのシカクい部屋で
日がないいちにち見られていたのだ
撮られるための僕らのいちにち
いちにち二十四時間のいのち
二時間弱に編集されて
字幕をつけて
予告編もつけて

全世界１９０ヶ国にて一斉ロードショー
飛行機に乗ったテロルのように

スクリーンのなかでは
照らされないものは見えないから
そこに無いのと同じことで
映写機の陽がのぼらなければ
僕らのいちにち　始まらないのだ

やがて記憶の
とぎれ
とぎれの
点線に沿って
切り
はなされた

半券のかわりに
乾いたヘソの緒を握りしめる手に汗にぎる

光光光光光光光
男と女は婚約をかわす（コウノトリのサブリミナル）
男は女にキスをした（コウノトリのサブリミナル）
ふたりは服を脱いで（コウノトリのサブリミナル）
女が男に囁くせりふ（コウノトリの鳴き声）

生きることは記憶を生きることで
フィルムに焼きつけられた過去を
切り
はなしたり
貼りつけたりで
あやうく検閲をまぬがれる僕ら

ロールがかたかたと回ることで
男を父と呼べて　女を母と呼べる
時計は壊さず
息もできる僕ら

しかし
黴臭《かび》いというよりは
精液の匂いがする地下の倉庫で
昔のフィルムは腐食し傷ついて
だからだろう
生まれる前の思い出は
いつだって雨が降っている

Costume p“r”ay

人間は神様のコスプレです
ドン・キホーテで買えるワインと
セブン・イレブンで買えるパンとで
わたしは受肉します
言葉を咀嚼《そしゃく》します
あなたを真似て創ったのではない
我々があなたに仮装するのだ
だからあなたは黙っていればいい
間違っても手出ししないで欲しい

運命でわたしを翻弄しないでください
時にいかずちの突き刺す怒りも
誰かを感電死させるほどではないし
洪水のように訪れる悲しみも
両目から一滴ずつの
潮水を搾り出すだけだ
あなたが空から地面に描いた
設計図に比べてみても
この方舟は杜《ず》撰《さん》なつくりだ
この衣装だって、安いポリエステルで仕立て上げられた聖骸布《せいがいふ》
わたしはあなたの着せ替え人形
マネキンで良かったのだ
星々は銀紙で良かったし
海は着色料の青で良かった
ハートなんておが屑で充分だ

我々人間は
土から出来たのではない
土に還るのだ
コスチュームプレイに疲れ果てて
ほこりだらけの鏡に映った
あなたとの対話に退屈して
まどろむように息をつくのだ
本物の死体になるのを夢見て

点点天使

どうやらうまく飛べそうもない
僕は二本足の天使です
人と人の間をせせこましく跳ねているから
人間なんて呼ばれています
なかなか人にはなれません
ましてや　中途半端に生きるしかない
……あいだ……でさまよう人間なんです
職業は通訳だ
愛を翻訳してまわる

だけど人類は最後まで
それを知ることはなかった
アリストテレスの三角形が実在しないように
理想的なハートマークを描くのは難しい
丸い部分と尖った部分で
傷つけながら抱きしめる
生きろと死ねとを同時に示す
そんな翻訳出来っこなかった
神様から受け取った手紙には
「愛は惜しみなく与う」とあった
そんなものだろうか
僕はいない　君の瞳に映る僕だけがいる
「君に惜しみなく僕《したが》う」
そのための僕だろうか

天使の足跡が点点と
ネットをかいくぐり　メールにしたためられ
天使の波となって
今日も少しだけ　大気を汚している
この星は丸くない
完全な円形を描けるほど
アンドロギュノスの愛は純潔ではない
からだ

肌色の夢

キスマーク／唇
ハートマーク／心臓
白いポロシャツを汚す　血痕のワンポイント
肉体は千切れ　アイコンとして付着する
服に　広告に　ビルの窓に
ソースをまぶした　温かなお皿の上に
何処から何処までがわたしか
声が届くところまでか
携帯電話の圏内までか

何処にいても電波が三本立っているから
わたしは通勤電車に飛びこみ轢死《れきし》せざるを得ない
わたしの血がこびりついた車輪で
地下鉄よわたしを何処までも連れていけ
郊外を超え、月の町まで
或いは文字のただなかにまで
わたしがわたしでいられる限界
わたしの皮膚
誰も触れることのできない
雲に覆われたウェディング・ドレス
大気圏ぎりぎりで　わたしにさわれるものあれば
それは神でしかないだろう
おおきなひとさし指の先　蚊を潰すように
わたしの肌に触れるあなたは
潰れたわたしの吐き出した血が

わたしのものですらないことを知らない
いつもと同じように　東の空を赤く染める
切り取られたペニスが
もはや　あなたのものではないように
そして　夜明けとともに
世界との交接が
わたしと
あなた
ではなく
誰かの

墓場にくちづけ

肉体は墓場だ!
君のからだには一体の骸骨が埋まっている
君は死体を抱きながら歩く
自分の影と、つかずはなれずダンスをつづける
肉/骨　腐らないよう、常に攪拌《かくはん》しておきなさい
記憶は死を意味するのだから、ともかく覚えては忘れなさい
書いたものは端から消していきなさい
涙の跡　なめくじの這った跡
文字がすり抜けていく、発語すれすれの舌にまとわりついたよだれは

誰かの唇を汚すためにあるのか
潤すためにあるのか
あいつの唇とめどなく
死神の歌をくちずさむ
ふさいでやらなきゃいけないな
汚してやらなきゃいけないな
僕はこの墓場から一生出られない
肉を荼毘《だび》に付して、自由になった頃には
星をひとつ　墓石としてあてがわれ
また土の中だ　重すぎる命のただなかだ
だからあいつの唇に
ことばを吹き込んでやりたかった
魂／体　愛しあわないよう、常に憎しみあいなさい
君のからだにもう一体の骸骨を宿せば
僕はあなたの子どもでいられる

墓場で遊ぶ、少年のままで
或いは、

こまどりはキッキッスでで撃ち殺殺せコロセコロセ

めくら　ないで

ページをめくる
スカートをめくる
猫の舌をめくる
ざらざらした荒野をめくる

そこは埋め立てられた場所で
立て看板には「約束の地」とあった
鼠とり器が設置され
ディズニーランドと呼ばれていた

猫の舌に聳《そび》え立った
コンクリートのお城も
セメントで出来た山岳地帯も
神様によってめくられる

地震は神様の読書だ
地響きは　世界のページがめくられる音に過ぎない

創造主の興味は尽きることがない
夜空をめくる
地面をめくる
瞼の裏をめくる
そこに涙の洪水あふれる
文字が滲み

ぼかされた言葉だけが　愛だと誤読される

めくら　ないで
メドゥーサによって石にされる前に
目を潰せ　明かりを消せ
学生時代足繁く通った
映画館よはやく潰れろ
僕は夜の街に逃げよう
ざらざらした暗闇を
宝石みたいな
猫の目だけをポケットに
ぼかされた言葉を発音するために
舌をめくって吃語《きつご》した
あいあいあいとどもってみせたが

やはり愛だけが意味をまとって
子猫のように　首をかしげた

実用詩

詩集を胸ポケットに入れておけば
道で撃たれても大丈夫
銃弾は言葉の壁を貫けない
もちろんそれは比喩でしかない　だけど

詩集を積み上げて、枕にする
ベンチで横になって、重ねた順に読んでいく
眠くなったら目を覆うといい
夜に見る夢すら詩的になる　だろうか

わたしは路上で売られている詩集
わたシは一晩の愛を囁く街娼
わた詩はわた死であってわた紙じゃない
インクで汚れた股ぐら
あなたの暗喩にして下さいね

あなたは一行の詩のために
数十年を生きる樹木
一ページ分のパルプを抜き出し
あとは燃えてしまえ　本棚の棺とともに
比喩でなく、灰になれ
思い返してごらん
記憶のほとんど、黒焦げだったろ

詩集をホテルのキャビネットに入れておけば
自殺者も増えるだろう
詩集は聖書ではない
悪魔の書であって然るべきだ

この詩集を手にとったあなた
わた詩なんていないんだって
たった一行でお詩えてね

モデル

はじめに言葉があった。神様は「光あれ」と言われた。すると光と闇ができた。光は発電所から町へと供給され、神様の言葉は電力会社の広告に使われた。

二日目に神様は天と地と、海を作った。これらは雄大な渓谷や山々を築き上げ、いっぽうでロマンチックな砂浜をなした。前者はトレッキングの、後者はリゾートのイメージ写真として撮影され、旅行会社に買い取られた。

三日目、神様は地上に種を蒔く。木々や草花はカラーコーディネーターだ。今年の実りをセンス・エリートたちに見せつけ、来年のコレクションにおけるモードを確約させる。

四日目は太陽と月とその他の星々だ。これらは宝石を想起させる。大人ぶった新進女優のデコルテに、婚約者たちのエンゲージリングの中央に、輝く石を配置する。コマーシャルが流れる十五秒のあいだ、太陽と月は宝石のサンプルとして空に貼りついている。

五日目に作られた魚と鳥、地を駆ける動物たちはあらゆるキャラクターの原型となる。企業が宣伝のために用いるのは大小さまざまな物語であって、それぞれの物語には演じ手が必要だ。だから食肉会社には牛や豚のキャラクターが、航空会社には鳥のキャラクターが起用され、それぞれあどけない笑顔で任務を全《まっと》うした。

ようやく六日目、神様は我々、つまり人間を造形する。まず男を作り、寂しくないよう彼のあばら骨から女も組み立てた。人間は神様の似姿だという。だからきっと、人間は神様の広告媒体だ。善行をなすべきと教え込まれているのは神様の企業イメージを向上させるためだし、原罪を背負っているとしたら、生きていること自体がステルス・マーケティングに抵触するからだ。更に言おう。もし本当に女が男から出来たというのなら、女性は男性の広告媒体として機能しているのかもしれない。資本主義という男性優位の社会における女性の立ち位置は、ステージの上、或いはテレビの、サムネイルの狭苦しいフレームの中にあるのだろう。だからこの国の広告には、男性或いは男女雇用機会均等法によって資本主義化＝男性化した女性に消費させるため、いつも少女が佇《たたず》んでいる。あの娘や、わたしが。

ちなみに、これら聖書に書かれた文章は全て宗教勧誘の広告として使用されている。侮《あなど》ってはいけない。物語のセットを組むにはそれなりに金がかかる。語られた言葉たちは、全て有料なのだ。「光あれ」に勝るコピーライティングを、誰も知らない。

電力が足りない。神様が「光、たりない」と一四〇文字以内でつぶやくとき、広告は、少しだけ元気をなくしていた。元気だけじゃなく電気もなかった。一昨年よりも少しだけ暗くなったシブヤの町は、ちょっとだけ野性味を増しているようにも感じられた。ツタヤの前をうろつくスカウトマンたちをかわしながら、まことはセンター街に突入する。飛びこんでくる音と光。粘つく汗の染みこんだシャツと、スカートからはみ出した生足。ぶちまけられた唐揚げとチーズケーキとラーメンの匂いが、マクドナルドから漂う圧倒的なポテトの脂臭さによって牽制《けんせい》される。深夜ひっそりと置かれる生ごみの袋はカラスたちに対する餌付けの広告だ。そして少女たちの隙だらけなファッションは、見て見ぬふりをする男たちに対する宣伝だ。もっと欲しがりなさい。H&Mの店頭で、看板に大写しになった女性モデルが言う。欲しいものを見つけなさい。かつて「なりたい自分になりなさい」消極的に言えば「なりたくない自分にはなるな」と命令してきたのは専門学校のコマーシャルだったか。まことは思う。わたしは、なりたい自分とは何か、考えている隙に、なってしまった。息つく暇もない感じだ。春休みの或る日、道端を友達と歩いていたら、突然フラッシュが焚かれ、スポットライトが当たり、ガラスの靴を差し出された。あれは確か、竹下通り。中学生の頃だったかな。

「まこちゃんですよね?」

ああ神様、あなたってとっても意地悪で、とってもクール。わたしをすぐにステージ上に引き戻してくれる。

「いつもブログ見てます。あの、」

二人組の女の子。同年代か、少し下ぐらいだろう。わたしには分かる。東方の三賢者より、羊飼いたちよりよく分かる。彼女たちは茨城県水戸市在住、夏休みだから電車を乗り継いで、東京にやって来た。日没まではハラジュクにいた。アイドルショップで買い物をし、二時間並んでパンケーキを食べ、足が痛くなるまでウィンドーショッピングをし、これから好きなバンドのライヴ、そんなとこだろう。かつてのわたしがそうだったみたいに。

「ブログに書いてありましたけど、やっぱり今年の秋は流行《はや》るんですか？　レザースカート」

いけない、このニュースは神様が勝手に書いたやつだ。神様の福音（日本語に訳すとタドタドしい言葉だけど、要するにグッドニュース、よい知らせのことだ）によれば、この秋はレザースカートが大流行するという。わたしはスポンサーから渡されたペーパーを淡々とブログに書き写す。番組に出たら、お天気お姉さんになったみたいに適度な抑揚をつけながら、この秋はレザースカートが流行るでしょう、そう読み上げる（実際には放送作家が、台詞の語尾に至るまで、まこちゃんらしい言葉遣いに直してくれる）。その結果、企業から事務所にお金が入り、ほんの一部がわたしの口座に振り込まれる。神様は夜な夜なわたしの指を操り、写真を撮り、わたしの言葉と見せかけてブログをアップロードする。まこちゃんのブログはアクセス数も相当なものだけど、書いてるのはほとんど神様だ。まこちゃんはモデル。神様や資本主義社会の、ロールモデル。

「うーん、どうだろう。あのときは何となく、そう思っただけだから」

わたしは神様にちょっとした仕返しをする。いつもわたしの身体をいいように使おうとするからだ。

「わたし、普段スカートあんまり穿《は》かないし」

「そうなんですか？」

片方の女の子が目を丸くする。アイライン、強すぎるな。つけまつげも目尻から取れかかってる。

「確かに今日も、ショートパンツ」

「ああ、まあね」

ショーパンにハイヒールの組み合わせは脚が長く見えるから好きだ。ほんの一部の女の子を除いて、雑誌モデルの体型なんてそこいらにいる子とそう変わらない。顔は整形なんて大がかりな工事をしなくても、アイメイクとカラコンで事足りる。肌は照明係とレタッチャーがタッグを組んでくれる。自分でするのは自撮りの技術向上と、痩せることぐらい。ちょっと痩せれば、あなただってなれるよ？　まこちゃんに。

「あ、あの、やっぱりかわいいですね」女の子たちは挨拶を交わすようにかわいいと口に出す。かわいいは、こんにちはであり、ごきげんようであり、さようならだ。「まこちゃん、憧れです」

「ありがとう」褒められて否定はするな。社長の箴言《しんげん》だ。

「サインもらっていいですか？」

「ごめん、ちょっといま急いでるから……」

「じゃ、じゃあ握手だけでも……」

まことは二人と握手をして、その場を離れた。汗ばんだ手のひら。チュニックやフレアワンピからはみ出した、小さくて柔らかな手足。十代の女の子が膨らむのは、成長期だから？　違う。夢に溢れているからだろう。夢が身の丈を超えてはみ出してしまい、脂肪に変わり、太ももや胸にたくわえられる。過食も拒食も、自分の理想とうまく付き合えなくなった結果起こるのだ。ニキビだって、潰さなければ大きくならない。ニキビは夢の痛々しい顕現だな。潰すな。皮膚科に行け。夢は全部現実にしろ。脂肪を燃焼させ、夢なんか捨てろ。社長はいつも偉そうに言う。大丈夫、夢とかないです。ないから、捨ててもいないです。わたしは笑って言い返す。まこちゃんだったら、きっとそう言うだろう。

「へえ、なりたいものとかないの」

首筋に息を吹きかけながら、代理店Dが言った。まことは振り返らない。胎児のように柔らかくうずくまったまま、そう、と鼻声で言う。

「泣いてるの？」

「泣いてないです」

ごめんね、と言って代理店Dは背中からまことを抱きしめる。大きくも小さくもない胸の片方を、がっしりとした手のひらにおさめた。泣いてないってば。笑いながら否定するも、もっと掠《かす》れた声になってしまう。気まずいな。

「Dさんは、夢とかあったんですか？」

過去形かよ、とDが笑う。夢あったよ。今もあるよ。映画監督。これから目指そうと思ってる。

「いいですね」

「なにが？」

「夢あって」

「バカにしてるの？」

　バカにしてないですよ。わたし自身に夢はないけど、夢を持っている人に憧れる。夢を持っている人を応援したい。その人の夢のなかで住まわせて貰えたらそれだけで幸せだし、強いていうなら、誰かの夢になってみたい。それがわたしの夢かもしれない。

「いま、ホン書いてるんだよ。一年ぐらいかけて、じっくりね。上がったら知り合いのテレビの奴に見せようと思ってる。企画がちゃんと通ったらさ、まこと、僕の映画に出てよ」

「やだ。演技できないですよ」

「モデルなんだから立ってりゃいいんだよ」

仕事に誇りを持ってる子が聞いたら怒り出しそうな発言だ。だけどこういう歯に衣着《きぬ》せぬ物言いをするのが、Dのかっこいいところだと思う。

「じゃあ、木の役で」

「学芸会じゃないんだから」

「カントクの、愛人の役でいいですよ」

仕事とって来いと社長に促され、代理店Dと初めて会ったのは去年の春、高校を卒業してすぐだった。三十過ぎのDは実際よりもちょっと老けて見えたし、背も低くてスタイルも良くなかったけれど、まことは一目で気に入った。思慮深い蛇のような、大胆さと狡猾《こうかつ》さがないまぜになったにやつき顔が目を引いたのだ。皮肉っぽいけど愛のある冗談も好きだ。

「まことは愛人じゃないよ。多分恋人だ」

「多分、が余計ですよ」

「妻帯者という負い目が恋愛を阻害する。多分ね」

一昨年結婚したというDには、妊娠八か月になる奥さんがいる。

「子どもは作るつもりなかったんだけど、やっぱり女の人は欲しがるんだよね。どうしてだろう。将来、子どもは欲しいと思う？」

「まだ分かりません」

「そうだよね。君がまだ、子どもだし」

「子どもじゃないよ」

枕をグイと押しつけると、蛇が笑った。知ってるんだ。これぐらいの年齢の男は、若い女の子のタメ口を喜ぶ。だから会話のあちらこちらに、甘えた声で、砂糖をひとさじ加えてやるのだ。

「奥さんは、どうして子どもを欲しがったの？」

「焦ったんじゃないの。女は三十過ぎると、突然焦り始めるから」

「何に焦るんですか？」

「未来に。自分の存在価値を確かめたくなるんだろ。女としての賞味期限を感じて、上手く母にシフトしたいんだよ」

「子どもが欲しいんじゃなくて、自分が母親になりたいだけ？」

「それも広告だろ」

代理店はホテルの天井を見つめながら言った。

「子どもなんて、女が母親であることを喧伝するためのプロモーションキットだよ」

代理店は汐留の駅前にそびえ立ち、今夜も燦々《さんさん》と輝く。昼も夜も関係なく窓という窓から万物を照射し、名前をつける。あまねく総ての人にキャッチコピーを授け、人生をプランニングする。

「キャラクタービジネスと一緒だね。よだれかけをしたかわいい子どもをケータイの壁紙にしておけば、自分が許されたような気になるんだ」

「冷たいんですね」

「そんなことないよ。物事を俯瞰して見るのが僕らの仕事だからね」

まことは突然敬虔《けいけん》な気持ちになった。神様、あなたを讃える広告は、そこかしこにあります。わたしたち人類は恋をして、働き、お金を使い、生まれて死んで、あなたの全智を喧伝します。

「神は細部に宿る」

「なんだよ」

「何でもない。でも、それを言うなら」まことは男の目を見ないようにした。「わたしだって、Dさんの広告じゃないですか」

どうして？

「Dさんの『男性的自信』を復権するために、わたしの身体は使われてる」

今なら効果的に泣ける気がする。目薬だったら、ポシェットに入れておいた筈だ。

「……難しいこと言うんだな」

「わたしは、アクセサリーなんでしょ」少しばかり卑屈な口調を演出しながらとどめをさしてみる。沈黙がよぎって、わたしは内心ほくそ笑んだ。

男の人にとってのアクセサリーは、時計やネクタイピンじゃない。若い女の子だ。Dがわたしを身につけてパーティに繰り出すのを社長は容認している。お飾りになるのも仕事のうちだと言う。だけどわたしは実のところ、嫌な気持ちになんて全くならなかった。Dのアクセサリーになることに喜びを感じる。Dの夢のなかにいさせてもらえるみたいで。聖書の登場人物になれたみたいで。何処へだってDについて回りたかった。奥さんやこれから生まれてくる子どもだって、紹介してくれたらいいのに。

「わたし、Dさんの映画のキャストになれますか」何故か奥さんの仇《かたき》を打ったような気分になりながら、わたしは沈黙を破る。

「愛人の役で？　木の役で？」

「何処にでもいる女の子の役で」

「君は何処にでもいる子じゃない。人ごみの中から選ばれた子だよ」

「或いは、何処にもいない子です。Dさんはわたしじゃなくて、モデルというブランドを抱いている」

「かわいいね、まこちゃん」

代理店Dはまことの唇に顔を近づけ、そっとCM契約の印を捺《お》した。かわいい、という言葉が濫用されているなと感じながら、わたしはそれを受け入れる。「男性的自信」を取り戻したDは羽毛布団の中に潜り、一度穿きなおしたショーツを脱がしにかかる。

「やめて」

自分でも意外な言葉が漏れた。

「やめない。このシークエンスは、僕の威信をプロモーションするために外せないんだ」

Dは続ける。下着はラッピングだ。女の子がかわいい下着を身に着けたいと思うのは、お洒落《しゃれ》な包装紙でプレゼントをつつんでおきたいのとよく似ている。結ばれたリボンはほどかれるためにあるのだ。

「まこと、僕の映画に出る?」

蛇が言った。布団のなかで、プレゼントは既に紐解かれている。

「求められたら、ね」

こうしてまことはDの夢そのものとなった。


しかし現実問題として、Dの映画はいつまでたってもクランクインしなかった。スポンサーは付かず、俳優たちはノアの洪水の余波で救命ボートの宣伝に駆り出されていた。彼によって描かれたフルカラー一一八分の夢は十五秒ごとに切り落とされ、チョコレートや化粧品や転職情報サイトのコマーシャルフィルムとして発表された。主演女優はもちろんまことだ。

「たたかえ、女の子」

セーラー服を着たまことが虚空に向かってそう呼びかけ、背広の男たちと格闘する生理鎮痛剤のCMは、作り手の思惑通りPTA界隈で物議を醸《かも》していた。

「あれもDさんが作るつもりだった、映画のワンシーンなの？」

「そうだよ」

ワイングラスを傾けながら、Dが応じる。

「まことは女の子たちの希望そのものだ。今の時代、女の子のほうが男よりずっと荒っぽいだろ。生理痛に対しても、そうだな、和《やわ》らげようっていうより、克服したい、制圧してやれって気分があるんじゃないかな」

「もっと重くなりそう。なんか、余計に痛々しいよ」

「ほんとはスプラッタ並みに血を流させたかったんだけど、さすがにテレビじゃ流せないからね。生理痛のCMで血を映すなんて、ベタにやっちゃいけないことみたいで面白いと思うけど」

事務所からほど近いカフェの二階で二人はひそひそと話す。まことは帽子を目深に被りなおし、ガラスに映る自分をチェックした。ガラス張りになった建物の外には、真っ黒な川面が広がっている。

「実は、話がある」

ワインボトルを一本空けてしまってから、Dは真面目な顔つきになって切り出した。

「まこと、神様はいると思う？」

「いないと思う」

まことは即答した。

「わたし、宗教の話はちょっといいかな」わたしは俗物で、熱心な信仰者ではない。神様はテレビや雑誌の中にしかいない。それは信仰者から言わせると、いないのと同じことだ。

「いや、人間なんだ」Dは手を小さく振って弁解する。「多分」

「何それ」

「僕らの業界で、神様と言われている人がいる。その人に会って欲しいんだ」

「偉い人なの？」

「……そうだな。フィクサーとでも言うんだろうか。とにかく、いまの業界の仕組みを作った人だ」

蛇は言葉を慎重に選びながら、会話のタイトロープを爪先立ちで歩いた。

「みんな、神様って呼んでる。僕も実際には会ったことがないんだけど。かなり昔からこの世界にいる人だ。年齢もよく分からない。正直、本当にいるのかどうかも」

「……ずいぶん不確かな神様ね」

「神様は不確かなものだろ」

「その人と会って、どうするの」

「わかるだろ。……一度だけでいい」

「なあに」

「神様と、愛し合って欲しい」

思わず吹き出しそうになったけど、Dの真顔を見て思いとどまる。愛という言葉は使い方によってこうも重さが変わるのだ。

「寝るっていうこと?」

「多分、そうだ」

「いいよ」

何も映らない、沈黙しかない十五秒のコマーシャルが過ぎ去ったあとにモデルは答えた。

「今までだって、そういうことはあったから」

モデルはカメラに真剣なまなざしを向ける。

「あなたとの関係も、その延長線上だったから」

まことは心のなかでつぶやく。

「……ありがとう。申し訳ない」

代理店Dは深々と頭を下げた。君んとこの事務所にも、もう伝えてある。渡すべき額も支払った。

神様、いるわけないと思っていた神様。あなたは実在するのですか。もし本当にいるとしたら、わたしはあなたの、ロールモデルになれますか。

「映画のためなんだ」Dは弁解した。「映画を撮るために、誰かが神様と愛し合わなくちゃならない。業界の習わしなんだよ」

まことはセーラー服に身を包み、荒野に立ち並ぶ背広の男たちと対峙した。シブヤの街は廃墟と化し、肉体を失った少女たちの亡霊はピンク色の空に蠢《うごめ》いている。

「かわいくなりたい／お金が欲しい／恋がしたい／死にたい」

亡霊たちの欲望のなれの果ては一四〇字以内におさめられ、行き着く当てもなく荒廃した街角にさまよう。

「でも、約束させてくれ」

古ぼけたソファに腰かけたまま白骨化したDが言う。

「必ず君を、僕の映画の主演女優にしてあげる」

「ううん、木の役でいいよ」

まことは席を立った。カメラがバストアップに切り替わる。

「それか、立ってるだけの、モデルの役で」

センター街を奥へ奥へと進んでいくと、雑居ビルが立ち並んだ薄暗い通りへと出る。一階にバーがあるビルの裏口から入って、Dに指示された通り、六階までエレベーターで上がった。ゴンドラの中は薄暗く、カビ臭い。

エレベーターが開くと、すぐにエントランスが配されている。壁も床も、黒の大理石風に統一されたフロアだ。受付にはスーツを着た女性がひとり、バーテンダーのようにかしこまって立っていた。

「代理店Dから言われて来ました。まことです」

「かしこまりました」

女性はデスクに置かれたコンピューターでまことのデータをチェックした。短めの髪をオールバックにし、かっちりと固めている。ファンデーションを塗りたくって、ピエロみたいな顔だ。極端に歳をとっているようにも、幼くも見える風貌だった。

「荷物は預かります。靴を履きかえてから入場して下さい」

手渡されたのは黒く艶光りする、十二センチぐらいあるヒールだ。踵の周りにはいくつか小さな宝石が埋め込まれている。ピンは鋭く、一刺しすれば襲いかかる強姦魔を失明させることもできるだろう。

「わたし、この靴に合う服を着ていません」まことは受付の女性に訴えた。「こういう場所だったら、もっともっとお洒落してくれば良かった」

「気にしなくて平気です」女性は返す。「外見なんてうわべに過ぎません。神様はあなたそのものを見ています」

ピエロは受付から出ると、通路の脇にある重そうな扉を開いた。

「ステージの上へ進んで下さい」

部屋の奥には小さな舞台があり、赤い椅子が置いてある。ミニシアターのようなつくりだ。足元が暗いので、慎重に床を踏みしめながらゆっくり歩く。

タラップを上りステージまで辿り着くと、振り返った。客席には誰もいない。無人の会場にアナウンスが響いた。

「こんばんは、まこちゃん」

こんばんは、神様。あなたと会うように代理店から言われ、ここへやって来ました。わたしは何をすればいいですか。

「何もしなくていい。ただ、そこに立っていればいいんだ。どうせまた、その代理店とやらに私と何かするように言われてきたんだろう？　愛し合うという言葉で示唆する者もいるが。愛は好きかい」

愛はまだ知りません。もちろん好きですが、その対象が愛かどうかはさっぱりです。

「残念ながら、愛のかたちは誰も目にしたことがない。私ですら。だからみんな、単純な行為に置き換えようとする。例えば」神様は小さく咳払い。天使が通るのを目視してから続ける。「タレントに、私と寝てくるように、なんて言いつける者もいるが、例えば君と私が寝る、つまり行為するというのは、業界における慣習のひとつに過ぎない。本当のことを言えば、私はここに招いた女性の肌には一切触れないことにしている。というか、実際問題、触れることが出来ない」

どうしてですか。

「どうしてって、分かるだろう。……神様というのは、不確かなものだからだよ。愛と同じく」

不確かなものは、自分が生きているのを、息しているのを確認するみたいにもう一度小刻みに咳き込んだ。

「とりわけ私は、君と話がしたい。愛の姿を確かめたいんだ……座りなさい」

まことは頷き、ベロアの椅子に腰かけた。

「これは或る種のオーディションみたいなものだ。まこちゃん、オーディションは何度も受けているだろう」

「ええ、もちろん。だけど」まことは暗闇を見回す。「審査員が一人も見当たらないのは、初めてです。何処からわたしを見ているんですか」

「天からだ」神様は当然だろうとばかりに返した。「或いは、君の鼓膜に設置されたPA室からマイクアンプを繋いで話している。耳を塞いでごらん。目を閉じてみても構わない」

わたしは両耳を指で塞ぎ、ついでに瞳を閉じてみた。

瞼《まぶた》の奥には無人の砂浜が広がっていた。カモメの声とさざなみ、砂が風に流されてさらさらいう音だけが微かに聴こえた。空に神様の台詞が、飛行機雲になって浮かび上がる。

「見えるかい」

目と耳を塞いだまま、まことは頷く。

「何か質問はあるか」

はい、とわたし。神様、あなたはわたしが想ってきた神様と同じ神様ですか？

「まさしく」十数の黄色いプロペラ機が隊列を組み、神様の台詞を青空に描いていく。一文字ずつ、スモークを使って器用に記述する。

私は君たち人類のクライアントとして居座っている。人間は、私の福音を宣伝するための広告媒体だ。君はそれをよく心得ているようだが。

はい、とわたし。わたしの言葉はありません。いつも誰かの借り物です。わたしの身体はありません。服の下に身に着けているものがあるとすれば、小さな下着と、モデルという肩書だけです。まことは念じるように、台詞をそらんじるように言った。

「自嘲してるのか？」含み笑いをしながら神様が問う。

「少しだけ。でも」瞼を開ける。やはり客席には誰もいない。「若い女の子なんて、そんなものですよ。多くの人が抱いてるような憧れなんて、空っぽなんです。でも、男の人にとっては、ひょっとすると女の子たちにとっても……それがいいんじゃないですか」

「それが、いい？」

わたしたちはモデルです。みんな、誰かの。ひとりだと不安で、自分の身体を保っていられないから、誰かに知ってもらおうとする。流行を先どったり、奇抜なファッションで自分をアピールする。ブログに書く。写メをアップする。でもそれは、個性なんかじゃないんです。自分の意志でもないんです。誰かに憧れてもらいたくて、夢見てもらいたくて、むしろ夢そのものになりたいからそうするだけ。よくわたしも言われるけど『個性派モデル』なんて言葉、矛盾してると思いませんか。モデルは誰かの夢の鋳型《いがた》でしかないのに。個性と呼ばれるものなんかから、ずっとずっと遠いのに。

「では、君の言う」神様は暗闇に隠れた悪魔たちを睥睨《へいげい》する。「夢になれない子たちはどうすればいい。その、モデルになれない子たちは」

夢見ていればいい。或いは、ずっと飽きるまで憧れていれば。モデルとモデルになれない子たちは、共犯関係にあるんです。お互い自分の存在価値を維持するために、相手をうまく利用している。

わたしがダイエットして削った分の脂肪を、何処かの女の子が蓄える。あの子たちが夢だと思い込んでるものは、既に脂肪に変わって自分たちの手足を重くしてるのに、いつまでもそれに気づかない。

「なるほど、その夢の塊みたいにぶよぶよした脂肪をあちらこちらに運ぶのが、広告屋の仕事というわけか」

「あなたの御使《みつか》いですね」

「天使たちだったら、もっと上手くやるさ。……まこちゃんは、誰かの夢になれたのか？」

「なれたと思います、だけど」

まことは太腿と二の腕に贅肉《ぜいにく》をたくわえた、数年前の自分を想像してみる。あの日渋谷の路上で、読者モデルを見つけてはしゃいだあの子を。

「服を脱げば、みんなが想っているわたしなんていなくなる。『まこちゃん』なんて消えてしまう。きっと着ているお洋服のほうに本質があるんです。カタログは、モデルじゃなくて商品のためにあるから。……神様、プレゼントはお好きですか？」

「好きだ。与えてばかりで、贈られたことはほとんどないけれど」神様はいつかのDの口ぶりを真似る。

プレゼントが好きな人だったら分かる筈です。別に中身だけが嬉しいわけじゃない。それを選んでくれた人の気持ちや、丁寧なラッピングに、贈られた人は喜びを感じる。わたしみたいなモデルは、ラッピングなんです。むしろ、それでしかない。

そして、Dに返すためにとっておいた言葉を神様の前で詠じてみせた。

わたしたちの仕事は、あなたにリボンをかけることです。普段は目に見えず、感じることもできないあなたに。


神様は、十五秒間黙りこくってから、死者が息をひきとるときのような、小さく稠密《ちゅうみつ》なため息を漏らした。そして含み笑いをしながら言う。ありがとう。短い時間だったが、これで『愛し合う』行為は終わりだ。少し歩いてみてくれないか。

ブザーが鳴る。反射的に立ち上がると、大丈夫、座っていなさいと神様。中央の座席が床へと下がっていき、反対に、ゆっくりキャットウォークがせり上がってきた。

「歩けるかな」

わたしは頷くと、つま先を揃えて立ち上がる。

「音楽は？　何か流そうか？」

社長の声になって、神様が訊いた。四つ打ちの、退屈なダンスミュージックが始まる。眠くなりそうなベースラインと、あくびが出そうなハイハット。わたしはピンヒールで、積み重ねられてきた札束に楔《くさび》を打ち込んだ。壇上に引かれた見えない線を意識しながら、綱渡りをするように、キャットウォークを一歩一歩踏みしめていく。

「神様」

何だ、まこちゃん。

「わたしがなりたかったものは……」

はじめに言葉があった。神様は「光あれ」と言われた。女の子たちはフラッシュを浴びる。スポットライトを浴びる。その光を説明するための言葉はいらない。いや、誰も、神様でさえ、語るべきではなかったのだ。広告と切り離されることが、できる限り言葉から遠ざかることが、服を脱いだ少女たちの願いだったから。

まことはこの日、開設以来、初めてブログを書かなかった。聖書に空白のページが一枚出来たのを、神様は見逃してくれるだろうか。

夜のなかに溶け込みたい。もっと、光の届かない場所へ行きたい。すでにDの映画はクランクインを迎え、カメラは回っていた。まことはト書きを裏切るように、思い切ってピンヒールを脱ぐ。踵で小さな石が輝く、尖ったその武器を片手で持つと、センター街を抜け、カメラの光が入らない暗い道を、裸足のまま、何処までも歩いていった。

彼女を抱くことは誰にもできない。彼女はわたし。わたしは、モデルだ。

墓碑

文字で書かれたR・I・P・スティック、或いは少女Y

結ばれたリボンはほどかれなくてはならない。同じく、プレゼントの箱は開けられなければならず、レコードは針を落とされなければ、フィルムは銀幕に映し出されなければ、或いは銀紙に包まれたチョコレートは口に含まれない限り価値はない。溶けたチョコレートの中に骨片のようなアーモンドが含まれているか、臓物《ぞうもつ》みたいなヌガーが含まれているかは齧《かじ》ってみなくては分からない。

ステージの上に登場したピストルは必ず発砲されなくてはならないとチェーホフは言った。我々の世界は拡張されたステージだ。いつも、何処かで、誰かの血が流されなくてはならない。まだ血を流していない誰かの血が……そう、例えば、少女の血が。

少女たちはまだ血を流していない。これから流される血を細やかな膚の下に隠蔽していることが、彼女たちの物語をぎりぎり支えている。まだ始まってもいない、書かれていない物語。スカートのなかは暗く、緞帳《どんちょう》の上からはか細い貧弱な脚が二本突き出ているだけだ。

少女の唇はまだ赤くない。はじめて塗った口紅は、接吻の暗喩であり、処女喪失の直喩である。リップスティックの綴りはR.I.P. STICK　これで間違いない　R.I.P. STICK　安らかに眠れ　少女たち　誰も履けないガラスの靴にどんな意味があるだろう　靴のサイズが合う候補者がいないのなら　足の小指を切り落としてでも靴を履こうとする娘をプリンセスだと認定したい　そこで流される血の赤　口紅の色と同じ赤　君のR.I.P. STICKの赤を認《したた》めてあげたい　赤い服ばかり着るのは傷つきたいからで　黒い服ばかり着るのは既に死んでいるからだ　あなたはあなたの喪に服している　死んだ少女の喪に服している　雪のように白い肌でいたいのは人形に近づきたいからか　死体に近づきたいからか　自撮りを毎日繰り返すのは　遺影を撮っているのか　自分自身の　自撮行為は自殺行為か　いいえ自傷行為です　わたしたちの写真は

死ゃしんで　撮影は殺影だから　影を殺せばわたしも消える　あなたの少女が死んだとき　あなたはそこにい続けられるか　あなたはショウケースのガラスを叩き割り荒野へ一歩、踏み出すのではないのか

デパート街にある、とある宝石店。少女たちはショウケースの中を夢見心地で見つめる。ロイヤルパープルの小箱に陳列されているのは、ダイヤモンドではない。純度の高い涙である。少女たちは純度の高いもの、限りなく白に近い輝きを放つものに憧れるが、それは既に自分たちが汚れつつある、自分たちの少女が喪われつつあるのを悟っているからだ。少女は少し、女と書き、少女であると同時に既に少女ではない。五線譜の途上についた変拍子気味の足跡だ。音符で出来た足跡は、永遠のコーダに向かって回り道のダ・カーポを繰り返す。履いていたものは靴跡から推定するに踵の高いヒールのようだが、それがガラスの靴であったかどうかを窺い知る余地もない。ならば血の痕がないか探るといい。ガラスの靴を履くために、彼女は足の小指を切り落としているはずだから。野良犬のような男たちがたちまち血の匂いを嗅ぎ当てる。処女の血の匂いを。【血痕】限りなく即興《インプロ》に近い夜想曲《ノクターン》の終わりを【血痕】少女の終わ

りを追いかける【血痕】ダイヤモンドを、純度の高い涙を盗んだ彼女を追いかける【血痕】詩人の筆より少し速く【血痕】ピアニストの指より少し遅く【血痕】アキレスと亀の速さで【血痕】ぴったり影に寄り添って【結婚】五線譜を汚す血は、インクの赤を想起させる【血痕】例えば答案用紙。紙飛行機に折られたテストペーパーは黒板に当たって墜落する【血痕】いつかの思春期末試験【血痕】赤点だった、血まみれだった君は、繰り返される舌打ちのような【血っ血っ血っ血っ】膨大な×印とともに【血血血血血血血血】実年齢を訂正される。いつまでも十四歳の女の子ではいられないと。血を内包したままではいられないのだと。

十五歳の誕生日の夜。黒板に向かって投げつけられ、潰れたショートケーキ。君はそのいちごの赤に「少女」を見る。下着を汚した赤色に。

かくして少女はカギカッコ付きの「少女」となった。資本主義社会は少女たちを概念の娼婦に変える。或いは思想的売春婦に。

少女は少女を延命させるため「少女」の看板を背負おうと思った。

・あいつに送るつもりだったラヴレターの中身をブログに公開し、
・自身の肉体を小指大のパーツに切り分け、写真に撮ってつぶやいた。
※あいつに最初に見せたかった下着の内側や心臓のある辺りも。

怠《なま》け者の照明係が仕事を始め、暗転していたスカートの内側が少しずつ露わになる。多くのレスを集め、代価を支払う男たちも現れたが、彼女はまだまだ満足できない。「少女」のカギカッコを外すこと、ショウケースの外に出ることが彼女の願いだ。しかしリボンをほどくことは出来ず、プレゼントの箱は開けられず、舞台の上のピストルは未だ撃たれる気配がない。だから「少女」は

・ライブストリーミングで視聴者に語りかける。
・歌をうたう。
・エスカレートして服を脱ぐ。
・更にエスカレートして、手首を切って血を流す。
※誰も自分のために血を流してくれないから、

※誰も少女の終わりを告げてくれないから、

少女は「少女」に囚われる。世界より一回り大きなショウケースの中に閉じ込められる。手首を切れば自分を更新《リセット》出来ると思うのだろう。明日になれば全て忘れてやり直すことが出来ると。しかし君は蝶ではない。蛹《さなぎ》のように肌を裂いても、成虫は姿を現さないだろう。君には羽がない。甘い蜜を吸う舌も、君にはない。いつか誰かが来て私を救ってくれるはずだ。いつか誰かが、白馬に乗った王子様が迎えに来てくれるはずだから。わたしのブログを読んで、つぶやきや配信を見て、神様が。王子様が。恋人が。身体ではない、年齢ではない、わたしをわたしごと買ってくれる相手が。

資本主義社会の弊害は、少女を「少女」にしたことだ。日本は資本主義の高度に発達した国であり、東京はビルのポスターや街頭テレビ、吊り広告やパンチラインに「少女」があふれる、「少女」の街だ。

【血痕、或いはキスマーク】

しかし、白馬の王子は現れず、神様だって一向《いっこう》に姿を見せない。また恋人は神様でも王子様でもないから、少女をそのまま受け入れてくれるわけなんかない。

この街では、実際のところ、あなた自身に価値はない。

「少女」にこそ価値がある。カギカッコに、ショウケースに、リボンに、ラッピングにこそ価値がある。

だとすれば、少女たちよ

東京にかけられたリボンをほどけ！

スカイツリーと東京タワーを結ぶ蝶結びを！

地下に張り巡らされた混線するメトロのカラフルな斜めがけを！

空中をテープのように飛びからメールもＬＩＮＥもとっぱらえ！

アスファルトのラッピングを粉砕せよ！

ビルディングの箱を叩き壊し、鉄屑とガラス片の山からプレゼントの中身を探し出せ！

あらゆる商品タグをとって回れ！

動画に付けられたタグは削除して回れ！

顔を晒《さら》して歩く少女は売春で補導し、少女の顔を見つめたサラリーマンは買春で逮捕せよ！

つけまつげを外せ！

ファンデーションを落とせ！

口紅を拭え！

血の痕を拭い去り、肌の上にそれを残すな！

墓穴を暴け！

そこに少女が埋まっていることを視認せよ！

チョコレートの中に白骨のようなアーモンドが含まれているのを！

血の味をウイスキーで帳消しにしたヌガーが隠されているのを！

同時に、
書かれていない本は読めない

読まれない手紙は書かれていないのと同じである。
あなたは読まれることを待っている手紙だが、
誰も墓参りにやって来ないのであれば、
あなた自身が読めばいい。
R.I.P.スティックで墓碑銘に綴られた少女の名前は、

Y×××

少女はいつだって幽霊なのだ。自分を鏡で見つめる幽霊だ。鏡に何も映らないことは、君もわかっているだろう。
だとしても、だからこそ、
結ばれたリボンは、君の手でほどくがいい。蝶の結び目がほどかれる瞬間、スカートが揺らめき、あなたの少女が立ちあがる。
それが口紅《R.I.P.》の由来である。

初出一覧
「死んでれら、灰をかぶれ」　ＳＦマガジン2013年６月号
「実録・あたま山荘事件」　書き下ろし
「自撮者たち」　ＳＦマガジン2014年２月号
「神待ち」　ＳＦマガジン2015年６月号
「モデル」　ＳＦマガジン2013年８月号
「文字で書かれたR.I.P.スティック、或いは少女Ｙ」
夜想「特集アーバンギャルド」2014年７月

自《じ》撮《さつ》者《しゃ》たち　松《まつ》永《なが》天《てん》馬《ま》作《さく》品《ひん》集《しゅう》

二〇一五年十月二十日　印刷
二〇一五年十月二十五日　発行

著者　松《まつ》永《なが》天《てん》馬《ま》
発行者　早川浩
発行所　株式会社　早川書房
郵便番号　一〇一‐〇〇四六
東京都千代田区神田多町二ノ二
電話　〇三‐三二五二‐三一一一（大代表）
振替　〇〇一六〇‐三‐四七七九九
http://www.hayakawa-online.co.jp
定価はカバーに表示してあります

印刷・精文堂印刷株式会社　製本・大口製本印刷株式会社

ISBN978-4-15-209569-5 C0093

乱丁・落丁本は小社制作部宛お送り下さい。
送料小社負担にてお取りかえいたします。

ハヤカワ・ミステリワールド

壁と孔雀

小路幸也

46判上製

警視庁SPの土壁英朗は仕事の負傷で休暇を取り、2年前に事故死した母の墓参りに赴く。北海道にある母の実家は、祖父母と小5の異父弟・未来が住んでいた。しかし初めて会う未来は自分が母を殺したと告げ、自ら座敷牢に籠もっていた。その真意とは？さらに町では謎の事故が相次ぐ。信じるべきものがわからぬまま、英朗は家族を護るため立ち上がる。